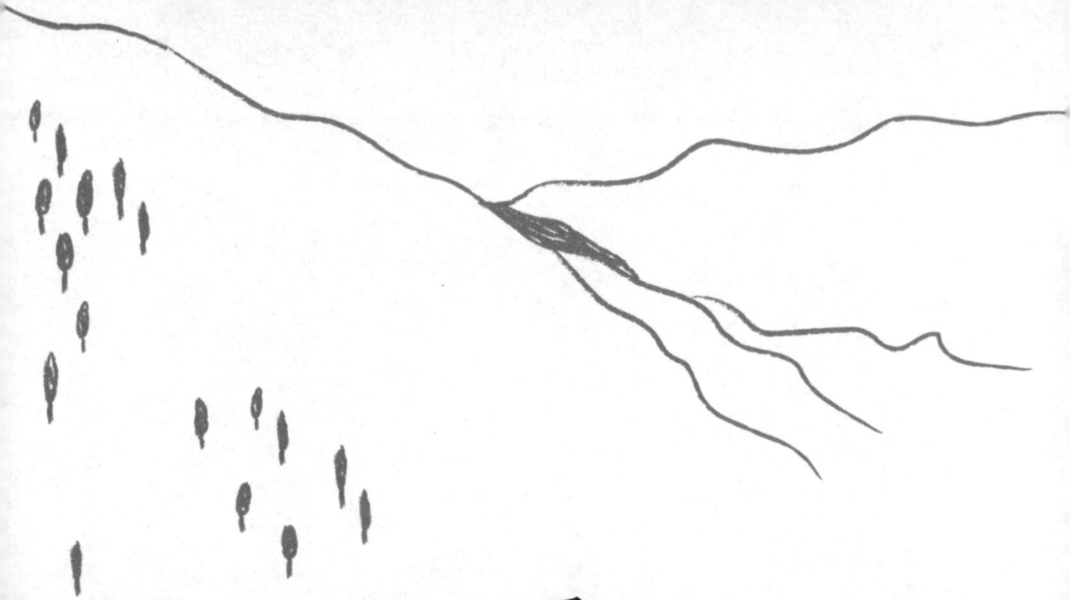

愛寫

劉梓潔

慢下來，你太重要了。
活得夠久，生命才會教你怎麼活。

——紀錄片《艾美·懷絲》

家

食

旅

寫

家

漂流記事

我記得我寫過韋恩颱風的——這個在台灣中部平地造成空前絕後災難的百年怪颱，也是我出生以來記憶最深的一次風災——但卻遍尋不著檔案。維基百科上這麼說它：「一個在各方面都相當與眾不同的熱帶氣旋；生命期長達二十天，截至目前為止，仍是西太平洋最長壽的熱帶氣旋之一；其路徑之錯綜複雜甚至可以拆開看成三個圓圈和一個數字；更奇特的是，韋恩甚至曾一度在熱帶洋面上減弱為熱帶性低氣壓，其後死而復生再度發展成為颱風……而因其詭譎多變的路徑，被台灣媒體形容為『一個颱風，二次登陸，三次警報，四次轉向』……」

我到現在都還記得狂風驟雨中，爸爸和叔叔拿了粗鐵絲，爬上屋頂，想要纏繞大樑，使房子不致被吹散；媽媽和嬸嬸緊壓住木門，嚎哭尖叫，稍一鬆手，風雨就要破門灌入。屋裡積水已淹到小腿，好幾天沒電，全家點著蠟燭，光腳泡在水裡吃飯。待風雨稍歇，我們小孩兒還拿著水杓幫忙把水往外舀。當時對大人們來說，一定是相當驚恐的，但我反而更記得哥哥和堂哥還開心著，他們暑假作業沒寫完，正好放颱風假可以趕工。而我呢？傻妹一個。颱風過後，就是我上小學的第一天了。

維基百科上記載，韋恩颱風對台灣全島的威脅，到一九八六年九月二日才結束，隨後轉往香港與東南亞。也就是說，當它繼續肆虐周遭鄰國時，我正背起書包，跟哥哥一起上學去了。

它為我家帶來最巨大的變化是，三合院變成了兩條龍，父母長輩護不住年老的房子，正身全倒。原本正中間是廳堂，左右兩邊各是祖父祖母及伯公伯婆的房間，全倒。倉促搶救的過程我已不復記憶，家人全部好好的，只是那一排房間已成一堆斷殘瓦礫。

颱風過後，父母便開始決定要蓋一個家，一個可以遮風擋雨的家。三合院因為地勢低，排水功能不好，落大雨便淹水，維修改造都不如在旁邊的祖產地新蓋一棟樓容易。而且，八十年代正是台灣中部鄉間勤儉踏實的家家戶戶蓋樓房的全盛時期，父母心中已有了藍圖：有車庫、有花園的兩層樓洋房。好多個夜晚，父母開著二手老車，把我們三個分別九歲、七歲、五歲的小孩丟在後座，去這個那個建築師繪圖師的家，去這個那個建材行磁磚店。我們見識了別人的家，那些有樓梯、有沖水馬桶的家。母親則在那些新式廚房流連忘返——少了個燒柴大灶，多麼寬敞啊。

而與此同時期，有一天，哥哥非常神秘地說：「帶你去看個東西！」我們走進那已數個月沒人踏入的正身廢墟。祖父祖母的房間只剩一個中空床架，哥哥帶我跨過床框，噹噹！謎底揭曉！原來這些日子，哥哥偷偷地用倒下來的磚頭瓦片，堆成了一大片小人國紅磚城堡！此後那就變成了我們的秘密基地。磚頭不輕，廢墟裡滿佈灰土，但這比樂高積木還真槍實彈的遊戲很得我們的心。我們越玩越大，越蓋越多，施工中的新家建築廢料都拿來當裝飾，他蓋一個家，我蓋一個家。我還發明了竹筷小人，設計情節對白，我來你家玩，你來我家吃飯。

寫至此，我想起我曾把韋恩颱風寫在哪裡了。就在二十年後，哥哥報考建築研究所的自傳裡。我寫得感人肺腑，把颱風與哥哥「命定」在一起。「如果不是童年那場颱風，我想我不會坐在這裡。」對，一個颱風就是為了成就一個建築師，如張愛玲《傾城之戀》，一座城垮了是要成就一雙戀人。「我在殘破家園的瓦礫堆裡找到了人生的方向。」多麼勵志！漂亮！一定中！

果然，哥哥考上了。那麼幫哥哥寫著這份自傳時我在做什麼呢？當年那個傻呼呼的小胖妹哪能來這戲劇本事？那時，我已經一邊讀著文學研究所，一邊幫報刊做些採訪，也得了些大小文學獎，幫親戚小孩代筆的自傳不計其數。

二十年前，我們一邊玩著小人國，一邊搬進比鄰的兩層樓洋房，在裡面完成九年國民教育，度過青春期前期。然後，展開漂流，讀書、打工、戀愛。住過學校宿舍、學生套房、親戚家、分租公寓、單身套房……全是租來的、短暫的棲身之所。我們一年幾次回到那個家，兩天一夜、三天兩夜，然後各自解散，回到各自的暫時居所。我們幼年時也一定為那個家興奮過、虛榮過（如我整個小學都在帶同學來看爸媽房間那多段變化的美術燈），但接觸到外面的世界（雜誌上、咖啡館裡、外國民宿裡的Zakka風、北歐風、地中海風）後，便開始覺得那擺著大茶桌、掛著匾額的家實在毫無美學可言。（競選總部風，這是我發表過最苛刻也最精準的評論了。）

唯獨爺爺奶奶的房間。那房間裡，有從倒毀屋子救出來的奶奶嫁妝：檜木衣櫥、檜木梳妝台，以及一台縫紉針車。我每次回家，總是進去尋寶似的開開抽屜，塗塗奶奶的薄荷玉，滴滴爺爺的眼藥水。在檜木清香中，有時我不免想到爺爺奶奶都八十多歲了，若有一天離去，不知這些老家具會否引來家族之爭，暗自祈禱其他家人不喜老物，有時就俏皮對在針車前縫縫補補的奶奶說：「這些……你那個……以後都要留給我哦！」我省略了動詞。奶奶說：「當然啊，等我百年喏，還帶得走嗎？」奶奶對這動詞既不避諱又說得古雅。

終於，這幾年，我們各自成家。哥哥嫂嫂自己一手打造的「設計師之家」，簡單明亮工業風。我沒啥風，養了兩隻野性堅強的貓咪，用不起設計師名物。撿些朋友不要的二手沙發，幾張漂流多年卻一直帶著的電影海報，兩大面書，其他就交給宜家（IKEA）。床、櫃、燈、餐桌，全是這組裝量產北歐家具，這已是最簡便就能達到又時尚又有風格（重點是不用花太多錢）的方法。

夾板貼皮，用久了漸漸垮；廉價松木，發霉第一名。我慢慢汰換，上網或二手家具店找些實木老家具，路經拍賣古董店就撿撿便宜，但常常最便宜行事的方式是，再買一個IKEA。

有天在我家（我現在這個，台北近郊的一個人兩隻貓的家）樓下的阿嬤麵攤，發現那頂著湯鍋滷菜、鋪著油膩塑膠花布的工作長几，竟是一張又大又完整的檜木老書桌。我興奮極了，藉故去吃了幾次麵，雖然那麵實在不怎麼樣，但我只為多看幾眼那漂亮的老書桌，並想著抓準時機開口：能不能賣我？但我怯懦不善此事，每次只能默默一口接一口吃麵，偷偷用手機拍下照片。

當我也用分享寶物的心情，把照片遞給哥哥看時。他說了句：「舊厝還有一張啊！」

哦，舊厝。這是我們對三合院那兩條殘存的平房後來的稱呼了。舊厝成了倉庫、爺爺的農具室、停放腳踏車摩托車的車庫。其實這幾年我們興起還會跑進去尋寶，找出幾個台豐汽水的玻璃杯、民國六十年農會紀念茶壺等等，帶回城市裡，好玩、復古、時髦、當裝飾。但從未想過去動大件家具。可能比起買IKEA，這樣的清洗搬運還是太麻煩，可能怕搬出來已斷損。尤其是這幾年，又多次嚴重的颱風侵襲之後，舊厝更加殘破了。父親已不在，叔叔都在外地。我那天才爺爺用門板、候選人扛棒等等木料捆綁鐵絲，外疊磚塊、木塊，東補西補，只求這兩條龍不會像正身一樣，一夜崩地。

我花了一點工夫，移開爺爺設下的堅實障礙，回到那列我一歲到六歲居住的屋子裡。哥哥說錯了，那桌子不是書桌，而是餐桌，看不出是不是檜木，但有種天然的石洗刷白感，桌面不是整塊原木，而是三塊木板拼接，反倒有種時尚感。移除了桌上雜物，把它由牆角搬出來時，唉呀！我失望又心疼地叫了出來。一支桌腳被白蟻蛀得坑坑巴巴，桌面一角亦然。它已不是完好無缺了。要救嗎？救回去還會用嗎？我噘著嘴思考。這時爺爺已站到我旁邊，看我全身灰土噘嘴樣，他反倒慈藹地哈哈笑著，「翻天覆地哦！還要不要？」我說要。搬出來，拿著菜瓜布、洗衣刷又沖又洗，花了大半天，那經年泥土才漸漸洗去。放在陽光下晾乾時，我那硬朗的爺爺拿著鐵鎚，在接縫處敲敲打打，希望它更牢固點。

照理說，我的奶奶外婆，還有龐大的嬸婆姨婆姑婆們，都有一套這樣的嫁妝：紅眠床、菜櫥、縫紉機、五斗櫃（上面放梳妝台）、衣櫥（裡面附兩個木箱）。但放眼望去，這些家具卻所剩無幾。奶奶說她沒有紅眠床，因為不夠有錢，她的縫紉機、五斗櫃梳妝台、衣櫥仍在她的房間。菜櫥放在三合院的後進，沒搬過來新房子（因為有了大理石中島美式大廚房）。因此，菜櫥我也要了。

這種檜木菜櫥近年在拍賣網站與民藝品店是搶手貨，有的一個竟然可以賣到台幣兩萬元。奶奶惜物，保存良好，上面又蓋報紙又覆紙箱的。我想她很節省，一定不會捨得讓我去花錢買別人家的。但沒想到，奶奶不知是不捨，還是怕麻煩，拖延閃躲多回。我說服她說服得好像自己是個掐著老人家呼吸管的不肖子孫，也不捨得很。

奶奶說：「我裡面還有放東西哩。」我說：「我去買整理箱讓你放啊。」奶奶：「別花錢買箱子啦，我用紙箱就好。」如此一回。

第二回，我再回去。我：「奶奶，你菜櫥清好了嗎？」奶奶：「最近天冷，等暖和點吧。」

第三回，我心意堅定。買好了塑膠大整理箱，幫奶奶放好在菜櫥前，攙扶著她過去，幫她把東西一樣樣拿出來：她年輕時候穿過的衣服、哥哥幼年時摺好的手帕、她在工廠打零工的薪水袋等等。我像是來迎娶菜櫥的鄰村男子，看奶奶依依不捨樣，很慎重地說了句：「我會好好愛惜它的！您麥不甘（不要捨不得）啦！」奶奶笑了，說：「我不是不甘啦。」但我知道，她仍是捨不得。與其說是吝嗇（對自己的親生長孫女？），不如說是惜物吧。

我另外又搶救了一張從曾祖父時代就開始用的竹桌，年代最久遠，清洗也最困難。泥土、蟲蠳、蟑螂蛋，我洗到根本想把它綁在車頂，開進電動洗車場了。我不算是有耐心的人，對洗刷清潔尤然，但這幾件老家具彷若有魔力，讓我平心靜氣，溫柔仔細地，讓它們煥然一新。若把它們繼續放在舊厝，幾年後也許只是些廢木料了。我想著，全台灣有多少像我一樣的新世代漂流者，在城市裡用著組裝家具，而讓這些美麗的老家具放在老家日漸凋敗壞毀呢？

我告訴哥哥：我這不是在尋寶，這是在搶救。

救出來了，下一步是運送回台北。我在網路上找到了評價優良的搬家貨車，透明作業，網路詢價。也因此，一則一則留言上，可以看到每位顧客運了哪些東西，從哪裡到哪裡。不知宅性發作，還是小說家的社會觀察本性使然，我花了很長時間，窺探每一則公開留言。從北部搬回中南部的，大部分是：彈簧床墊、摩托車、電腦桌、衣物書籍數箱，大部分都是宿舍搬到公寓，或暫時了結宿舍公寓一切出國進修，或買了房子（有了設計師家具），這些暫時性的家具便運送回老家，反正老家總是地大物博，空間寬敞。

搬家師傅幫我把幾樣老家具搬上來時，說：「我整貨車都是檜木味哩！」是嗎？這麼厲害？我沒聞到。待他們離去，我還繼續擦擦拂拂、嗅嗅聞聞，等待某一縷氣味升起。

書展、肉圓與阿兵哥

忽忽就來到了看著下一代成長的年紀。與我們一樣，出生在南彰化鄉間的小外甥，除了多了許多玩具之外，童年配備基本上與我們無異：溪湖糖廠吃冰餵魚、田尾公路花園騎腳踏車、大圳溝旁的菜田裡玩泥巴。而上個月，四歲的小外甥與他的外婆（即我媽）約好了去逛「書展」。

啊，書展！在我十五歲離開彰化之前，它是多麼重要啊。它不是在國際會議中心或世界貿易中心，格格排好佈置好漂亮攤位的那種展，不是國際出版人與作家躬逢其盛的那種展，不是都市裡的文青要排隊朝聖的那種展，也不是嘉年華般的旅遊展婚紗展家具展。名為「展」，其實就是回頭書大清倉（哦，對了，後來有了個文藝的新名詞，叫「曬書節」）。沒有印刷精美的ＤＭ，當然也沒有活動粉絲頁，我們會得知消息都是因為小發財宣傳車沿著村莊放送。不是擺在室內倉庫或展覽廳，而是在馬路旁搭起如婚喪喜慶會場的棚架，一條紅布加白字：北斗全國書展。

是的，加了全國兩字就很厲害。北斗則是南彰化的中心，對我這田尾人來說，北斗約莫是深坑人的信義區。北斗有街，有大菜市，也曾經有戲院。清領日治文風鼎盛，聽說我出生在明治年間的曾祖父就曾在北斗上「漢學堂」，三代人之後，北斗並沒有一間大型綜合書店，但有書展。然而，一年幾度或幾年一度的頻率並不可知，總是某日在田間踩著腳踏車，與小發財車錯身而過，聽到了消息，或是和媽媽上街買肉圓看見繽紛棚架在搭建，方知：書展來了！

幼稚園到小五是一個階段。大抵都是媽媽偉士牌四貼，把三個小孩載到「會場」，讓我們各自挑書，每人有一個額度，三百元或五百元。既是清倉書，又無版權，大多是重新編製後的選輯，如：世界著名童話選、中國民間傳奇精選、唐詩宋詞大全，但到底多著名多精多全，對彰化鄉下的一頭小食字獸來說並不重要，有字讀就好。由圖畫書進化到大字注音版，再到無注音版。相形之下，大我兩歲的哥哥挑的書都比我猛許多：寰宇蒐奇（我們在裡面看到美國人如何抓到外星人還把他解剖）、軍中鬼故事大全（軍中與我何干？後面會再提到）。

尚有另一種小書展。母親服務的鄉公所，當時還是美麗的灰瓦白牆國民黨建築，有著大氣的磨石子圓弧樓梯，登上二樓後紅地毯連到鄉長室。一樓有個後院，建築物與防空洞中間的走廊，常有童書經銷商來擺攤。這是非常精準的直接行銷，國小就在對面，當時公務體系寬鬆隨和，公務員們的小孩放學後就來公所寫作業，寫完作業當然就溜到後院來看課外書，看了喜歡就叫媽媽來買。

我一直不知道這些穿白襯衫黑西裝褲的童書推銷員後來去了哪，直到有次在校園考場外看見一模一樣的攤位組合：玩具擺得比書還搶眼、國語週刊和字典擺得很有氣勢、最後方則以兒童百科大英百科當龍柱；聽到一模一樣的話術：「請問年輕漂亮的馬麻，小朋友幾年級？」（只是我變成了人家口中的馬麻）——才知：看不見，可是你依舊存在。

好的，回到九〇年代的彰化。

小五到國中，進入了青春期，有閨蜜，有興趣嗜好偶像，逛書展，便成了女孩兒們之間的事。我和要好的幾個女同學，會自己騎腳踏車到北斗，買完書後，提著裝有年度詩選小說選台大學生作品選的紅白塑膠袋，去吃肉圓喝豆腐湯聊聊青澀的心事。

長大後，曾有台北的朋友問我：你們真的從小就吃肉圓嗎？我說是，從懂得吃固體食物就開始吃了。現在回想起來，逛書展配吃肉圓，真的挺勁爆。但因當時真的沒別的選擇，沒有85度C和麥當勞，連後來紅極一時的風尚人文雜誌簡餐都還沒見個影子，想吃香雞城還得搭半小時的公車去員林。

心事是些啥呢？有三角戀，也有格差戀。往往是從手寫情書開始。

我收到的是來自一位個頭矮小五官清秀的同班男孩，平常並不特別注意他，直到我們共乘補習班九人座車去上國中英語先修班。有天司機阿伯載了學生才去加油，在一堆小孩摀鼻時，唯他與我同時往窗外用力嗅吸，說：「汽油味道很好聞耶。」這時我的世界還很小，把這巧合當命中注定，長大之後才知道喜歡汽油味的人其實比例不低。然而，這汽油之戀並未順遂展開，因為我收到的「情書」上，這男孩寫著他的困擾：他同時喜歡我和另一位女生，他不知道怎麼辦才好，真希望世界上有小叮噹可以把我們兩個人合併成一個人。

字裡行間可以讀到他真的很苦惱，而我也把自己帶進這一份酸楚中，戳著肉圓，對閨蜜悲壯地說：如果他們真的真心相愛，我可以退出！

這時是小六。月經都還沒來。

但我閨蜜收到的更猛，是阿兵哥給她的。那時的國小校園，每隔一陣子就會有軍隊來駐紮，每次的時間長短記不清楚了，確定的是絕對是能讓戀情與友情滋長的長度。阿兵哥們在校園角落搭了帳篷和炊事帳，在走廊洗手台刷牙洗臉，除此之外並看不到他們在操練什麼。有些男同學和阿兵哥們變成了兄弟，放學後會一起打籃球，還留了地址，阿兵哥回屏東之後真的寄來名產。而女同學收到的就是情書，我還記得那蒼健有勁的「大人」字跡，寫在標準信紙上，有點像現在每次看文學獎稿件會讀到的長輩來稿。

閨蜜的困擾是，老師不允許他們來往。其實不只他們，聽說許多高年級女生都收到了不同阿兵哥的信，但是訓導主任又不能在升旗典禮時大聲訓導（因為阿兵哥也會聽到），所以學校讓級任老師在班級裡宣導，希望女同學們不要與阿兵哥私下往來，如果收到不舒服的信請交給老師。不舒服，要怎麼判斷呢？我記得那信裡寫著：如果你不答應跟我交往，請至少當我的乾妹妹。

我忘了閨蜜後來選擇交給老師還是回了信，但乾哥乾妹當年真的盛極一時。不只阿兵哥，連國中高職的大男生也會來認。乾哥乾妹之間流行的是送禮物，相框和裝滿手摺紙星星的玻璃罐是基本款，豪邁款則是超大隻絨毛龍貓多多洛。

到哪裡買這些禮物呢？北斗的書局。名為書局，其實是賣文具禮品為主，參考書為輔，課外書聊勝於無。現在南彰化每個鄉鎮的校園周邊這類書局還是很多，規模大一點的就稱「文化廣場」。我真的滿喜歡這種素樸的浮誇。但成為大人之後難免憂心，在彰化，現在的小食字獸們，何以為食？其實答案昭然若揭，網路書店訂書便利商店取書吧。

彰化，正因始終在貧瘠與豐盛之間，保守與開放之間，純真與世故之間，所以有了過渡與流動。搬回中部生活已一年餘，彰化與我幼年的樣貌並無太大變化。唯一欣喜的是，鹿港小鎮的杉行街上開了一家極美麗的獨立書店：書集囍室。雖然離家有點距離，但因太難得，我和妹妹曾特地帶外甥去，在木造斜頂老屋裡讀繪本故事給他聽。然而在鹿港，廟比書店多，小外甥一下就被外頭的鞭炮鑼鼓聲吸引，吵著要去看咚咚鏘進香團了。比起靜態的書，一隊一隊熱鬧的，移動的，虔誠的人們更得他喜愛。也許，這也會是日後他記憶中的彰化的流動風景。

從瓊瑤到滾石

我出生於一九八〇年，民國六十九年次，是六年級最年輕的，卻是八〇後最老的。說自己是六年級覺得委屈，說自己是八〇後又有點無恥。

我的爺爺那一代，經歷日本殖民與台灣光復，光是聽他說小時候過年時跑到移民村的後巷，偷聽日本太太搥麻糬，就可以寫成一篇成長小說。我的父母那一代，有戒嚴、老蔣過世以及後來的經濟起飛，他們永遠記得中學時的清明節那場下不停的暴雨。

在太平盛世出生長大的六年級寫作者，會有一種焦慮，怕自己的個人生命史，與大時代歷史洪流勾不起來，對不到號入座，因為，沒有大事。

因此，先來說說童年的一件大事。

那是還住在老家三合院的時候。每天晚上八點到九點，母親會坐在客廳裡，她那套綠色大理石椅面、木頭扶手的嫁妝椅上，盯緊電視機（電視還是有兩扇隱形拉門的），跟著劉雪華掉眼淚。我初識人事（幼稚園中班？）就加入，習慣坐在比媽媽高一點的同款大理石長茶几上。記憶中最早的第一齣瓊瑤八點檔連續劇是《幾度夕陽紅》，故事結構、角色設定全忘了，但我卻還記得劇情來到高潮那集，秦漢和劉雪華掩上了門，媽媽突然用台語大叫：「他們要接吻了，眼睛閉起來。」我兩隻手就像兩扇電視拉門一樣，十指併攏，擋在眼睛前，又隱隱約約從指縫看到了幾道夕陽紅。當媽媽說：「好了。」我才放下手，眼前已是廣告。沒辦法，那雖是戒嚴末期，但還沒有電視分級，媽媽只好自己當新聞局。

這兒有件事值得說嘴，要上小學那年，有天媽媽正在看報紙，我竟然像個神童一樣，在她旁邊坐下，大聲朗讀出報紙標題。媽媽驚呆了！她與幼稚園老師從來沒有刻意教我識字，因此她推敲，應該是每晚看八點檔聽對白對著字幕看，看久了就認識了。到底當時認得了哪些字，我至今只記得一個筆劃最多的，因為我會跑去跟老師同學們臭屁：我連國民黨的「黨」都認得哦！

而在我小學二年級時，有個晚上，媽媽與我仍沉浸在瓊瑤母女時光，突然，畫面黑了，馬上插入新聞畫面，是蔣總統經國先生逝世了，之後全部都是相關新聞。我沒感到什麼悲傷，只知道我的《在水一方》被蓋台了。隔天早上升旗典禮時，只升半旗，全校默哀。

這是我硬要與重大歷史事件併桌的唯一經驗。

後來，父母在三合院旁邊蓋了二層樓洋房，我和妹妹有了自己的房間，我也來到小學中、高年級，我越來越少待在客廳陪媽媽看電視了。那時我最要好的兩個女同學，一個的哥哥是卡帶狂，我們常放學後跑到他們家，用小台收錄音機放著一塊又一塊的小虎隊、憂歡派對、孟庭葦、王傑與張雨生。另一個的姊姊已在市區住校讀高中，週末帶回《擊壤歌》、《海水正藍》，甚至《冰點》。小學五年級的導師也帶我們的音樂課，他會從自己家（學校的日式宿舍）搬來整套卡拉ＯＫ，要同學唱流行歌曲，他說：學會唱歌，對即將步入青春期的孩子是重要的。

我不知道這種卡拉ＯＫ熱，是否因為家庭伴唱帶、鄉間的花園ＫＴＶ興起，而延燒到了純樸的校園，到了我讀國中時，學校還舉辦過卡拉ＯＫ大賽。

有個發育特別早，頭髮總是蓋住半邊臉的女同學，唱起劉德華的〈謝謝你的愛〉驚動了全校；最後得到第一名的，是男女對唱王識賢和陳亮吟的〈雪中紅〉，那對參賽者一上台就背靠背，低頭憂鬱蹙眉，現在我只要一聽到〈雪中紅〉的前奏就會想起那兩位同學的臉。

但是真正喜愛的流行歌曲，卻是自己關起門來聽的。

我的第一台隨身聽，是國小五年級第一次月考被雷打到，突然考了滿分第一名，小阿姨送我的禮物。那時，我便隱隱感覺到孤單，我和同學們的卡帶總是不太一樣，同學說：「因為你喜歡的歌手都是實力派的啦。」不知何時，已經開始有「偶像派」與「實力派」的說法。我和同學們每週鎖定《金曲龍虎榜》和中廣流行網羅小雲的《知音時間》，也會寄明信片去投票給喜愛的歌手。

我存夠了可以買一張卡帶的零用錢（一百五十元），便騎腳踏車到鎮上的唱片行，果然，我常常買的都是老闆只進一塊的冷門專輯，例如：劉佳慧。她與竇唯合唱的〈再見風中之島〉，我永遠找不到男同學與我合唱。要到很後來，陳昇的〈One Night In 北京〉紅了，大家才知道，她就是裡面唱京劇的那個女歌手呀！

那我怎麼知道她的呢？答案是：《滾石》雜誌。買了歌手卡帶，填妥裡面一張名片大小的歌迷回卡寄回，每個月就會收到這一冊非常有誠意的刊物。

這份免費贈閱的雜誌，幫青春期的我，打開了外面的世界。看歌手的工作札記，讓我這樣一個鄉下小女孩，會去翻爸爸車上的全台路線圖，找「台北市光復南路」在哪。從中國搖滾歌手的照片，知道了北京胡同長什麼樣子。沒談過戀愛，就會戴著耳機，跟著張楚唱：「這是一個戀愛的季節，空氣裡都是情侶的味道，孤獨的人是可恥的。」

更不用說，紅遍大街小巷的陳淑樺，還有清純可人的蘇慧倫，氣質脫俗的萬芳。

我們不知道叔舅姑姨們的民歌時期，也不知道他們如何瘋黃俊雄布袋戲，只聽說電器行會好心擺出電視，讓全街的人搬著椅子到外面來看。相對這種集體狂熱，對流行歌曲的喜好，顯得極個人。那是戴著耳機聽著隨身聽，裡面的卡帶自顧自悠然轉著，世界便與我無關；或是一整個暑假守著一台有對錄功能的雙卡帶錄音機，自製出個人精選輯，小心翼翼在空白帶標籤上填好曲目和歌手，和同學們交換。

「我們是聽滾石長大的。」前幾年，滾石唱片辦了「滾石三十」演唱會，而今年則有「民歌四十」。聽滾石的是三十多歲，聽民歌的是四十多歲，好像真有這麼一點世代區隔。

滾石創立那年，也是我出生那年，都是一九八〇年。知道這資訊時有一點驚訝，好像對著一個人說：「我是聽你的歌長大的」或「我是看你的書長大的」，而後竟發現那人不過和自己一樣大。

當然，滾石只是一個品牌。是它背後那些優秀的音樂人，匯聚出強大的能量，也締造出台灣在華語流行音樂界的重要位置。何其有幸，我們就在歷史中。

我考上高中那年，CD流行了。在台北工作的時髦OL二表姑，快遞了一台國際牌CD隨身聽來家裡。也就是說，我連一片CD都還沒有的時候，就先有了一台CD隨身聽。

CD要價是卡帶的兩倍，我得存更多的零用錢才能買到一張，不管去哪裡都要逛一下光南、大眾和玫瑰唱片，看看裡面有沒有紅配綠的特價。終於經過三年省吃儉用，在高中畢業時，也有了一小櫃CD，其中陳昇的張張專輯都蒐集完全了。而我也變成一個喜歡冷僻地下獨立音樂的怪怪少女，高三時最喜歡的一張CD是趙之璧的廢五金樂團。

高中聯考過後，我和三個同學開過兩次行前會，規畫出超完美的火車環島旅行。第一站是嘉義，我們一大早興匆匆從台中火車站出發，中午在嘉義吃火雞肉飯，然後搭小火車上阿里山，一整個很會玩。就在吃完火雞肉飯時，嘉義突然下起滂沱大雨，我們冒雨奔跑過馬路。就在一邊淋雨、一邊尖叫時，我的後背包開始像破了洞一樣掉出東西，我只好狼狽折回，在馬路上撿著掉在雨中的旅遊指南書、盥洗包、衣服和內衣褲（那時還沒流行用分類收納袋，真是！）。

原來是背包拉鍊沒拉。在往阿里山的小火車上，我才發現，我的ＣＤ隨身聽，還有一整本ＣＤ收納本，都不在背包裡！此事成了懸案。是在吃飯時，就被偷偷拉開拉鍊，拿走了這兩樣最值錢的東西？或者是我自己天兵忘記把拉鍊拉上，奔跑時把它們遺落在大雨的街道上？

很意外的是，我沒有難過太久，因為環島之旅才第一天而已，難道我要傷心地繞完台灣嗎？

環島結束，接完榜單，興奮打包準備迎向台北生活時，另一群校刊社的高中同學，找我去中友百貨看演唱會。我第一次聽到了陳綺貞、楊乃文、張震嶽的現場演唱。後來，又聽了許許多多次。

現在，卡帶已經不存在了，我也不買ＣＤ了，全在iTunes付費便傳到雲端。用什麼聽已不是重點，而是音樂響起時，會來到另一個世界。這是我在開始寫作之前，便無比確定的事。

老台中

總結童年，「台中」是一個表現好才可以去的地方。表現好的範圍，包括月考全班前五名，也包括，整個暑假沒有和哥哥妹妹吵架，沒有打來家裡作客的親戚小孩。我記得有次母親說好帶我們去台中，但那天卻下起雨，我還帶著妹妹，端著水果到祖宗牌位前拜拜，祈求雨停，讓我們順利去台中。

但台中有什麼呢？我們會去的地方，不過就是火車站前的一條大街，名為中正路，百貨公司連著百貨公司。其實在彰化農村的家，經濟條件連小康都稱不上，能在百貨公司裡買點小東西，都是因為父親任職的車廠，定期發放福利禮券。

龍心、遠東、永琦，與這些大樓一比，彰化的三商百貨就變成沒看頭的小可愛了。百貨公司的七樓或八樓一定有兒童遊樂場，每次都緊抓著母親開恩配給的兩枚代幣，小心謹慎觀察，就怕投錯選到難玩的電動玩具。

連到橫的那條自由路上，還有一個財神百貨，母親喜歡帶我們上財神的滿福樓吃飯，其實吃的也很簡單：一大碟炒飯，幾樣推車上的港式點心。

百貨公司遊樂場，加上港式飲茶。一個公務員母親，帶著三個小孩，花完了父親工廠的禮券。黃昏時，南下的普快車上，三個小孩開始拆裝剛剛買的玩具，或翻起圖畫書，車廂裡的電扇悠然轉著，窗外是西部平原的夕陽。這樣的一幅景象，溫暖、潤澤、淳美，上了柔焦與光暈，但這不是八〇年代的「小確幸」，硬要類比，應該比較像「幸福三丁目」：在物資不甚充裕的年代，還要努力活得有個樣子。

想起來，都不算是太久以前的事情，說來懷舊，主要是因為，這些輝煌一時的百貨公司群，後來完完全全消失了，變成失修廢棄的大樓，隔成凌亂的小店舖，沒倒沒撤的，只剩一兩家皮鞋店、街角一座老銀行。倒是街區裡，那原本小小的鹹酥雞攤子，竟成為全台連鎖店舖，連文創商場都可聞到見到：「繼光香香雞」，不但沒跟著沒落，反而帶動流行了。

這是城市的、歷史的、時代的戲劇化轉變。而說故事，得用小人物感動人心，上述的，我們那一小家庭呢？台中火車站商圈沒落後的幾年，父親過世，三個小孩成年自立。生命仍在延續，最聽話的小妹結婚生子，母親含飴弄孫。一家人團聚，仍常驅車到台中用餐逛街，只是，去的已經是被命名為「五期」、「七期」的新台中了。

喔，不，跳得太快了。我漏掉了中間重要的關鍵三年，我的高中三年，第一次離家獨力生活，打理三餐，手洗衣服，每天在自由路上來來回回走著。每天覓食，或每週到火車站搭車回家，就在百貨公司群落之下的巷弄穿梭，學會了晃蕩。

回想起來，我算是見證了火車站商圈最後的黃金時代。

高一下學期搬出宿舍，在居仁街租了個小套房。房東是個國小退休校長，一棟五層樓透天厝，一二樓自住，三樓以上隔成七、八個套房，限租女生。房間約兩坪，一床一桌一櫃，浴廁僅半坪，淋浴得貼近馬桶。房客有一半是女中的學生，另一半，都是百貨公司專櫃小姐。

在遠東百貨賣仕女服的大姊，常用電鍋在房裡燉煮食物，有時煮多了，就一一來敲門，遞上碗公，裡頭盛著絲瓜蚵仔稀飯或香菇菜頭貢丸湯。住在我隔壁房的，是一個有著漂亮鵝蛋臉的姊姊，她在哪個百貨公司賣什麼，我竟然忘了，只記得她好愛看書，我第一次讀川端康成的小說，就是向她借的。高三時，最貴最大的木地板新修套房，搬來一個精品內衣專櫃小姐，大概每個住那裡的女中學生，都被她喬過奶。

這些在女生宿舍裡的成長，是我淳厚的家人們所不知的。另一塊，亦無法與家人共享的台中生活，則是文藝的、甚至雅痞的。週六下午，在後門的春水堂或瀟湘堂喝泡沫手搖茶，開編輯社的會議。每個考完試的中午，必攜著午餐衝去學校對面的南華二輪戲院，在黑暗中吃完食府後街三商巧福牛肉麵或民生路的民生肉圓。高三有次模擬考結束，正是《鐵達尼號》上映日，公園戲院裡清一色綠制服，彷如包場。《失樂園》轟動，以為管理鬆散的戲院卻嚴格驗身分證，高三，許多同學都滿十八歲了，但早讀的我還沒，央求公園戲院的阿姨老半天總算進去。

也是高三，中友百貨的誠品開幕了。我常放學就沿著自由路走到底，穿過中山公園，再走到中友。把去書店的路，走成一條朝聖之路。提著重重的一袋書，原路走回，並把那墨綠色紙提袋壓在單人床墊下，生怕它有點摺痕。

我喜歡跟著家住台中的同學到處跑。家裡在逢甲開自助餐店的W、住在大坑山下的L，以及住在科博館附近的K。K是編輯社的同學，能寫能畫，才華洋溢，回想起來，是個怪怪文藝少女，但當時我不覺得怪，只覺得她很真。K帶我搭公車到科博館，沿著對面一條什麼都沒有的荒蕪草徑走到一間叫「法國南部」的草本茶店。後來，那條路叫做「草悟道」，而法國南部歇業，變成「Ino Café」。又有一陣，好愛跟高個兒的M去第一廣場對面地下室的吉普賽民歌餐廳，點了排餐又點歌，就穿著綠制服坐在底下，還拿出畢業紀念冊來排版。

小時候去百貨公司有禮券，想得通。但我一個禮拜五、六百塊的零用錢，怎還可以買書買CD、看電影看表演、喝茶逛街？我想不通。但我沒偷沒借，活了三年。完完全全應驗了小時候算命師說我是有財無庫：「要花都有，要存沒有。」也就這樣活到離開台中來到台北，活到了今天。

一九九五年到一九九八年，想起來，都不算是太久以前的事情。說起來顯得老，主要是新重劃區拔地而起，既新且高，靜止不動的這區，就自動成為「老區」了。儘管只居住過三年，且多半時間在高中校園，我與台中，卻好像已建立了很親密深刻的交情。前陣子，知道老區的再生復興計畫辦了個手創市集，我帶著一半懷舊、一半嘗鮮的心情去了。台中的朋友問我，覺得如何？

好玩是好玩啦，「但是，」我忍不住笑著補了一句：「綠川，還是很臭啊！」像在說著愛人的腳臭，說還是說，但因為熟悉，也就不嫌棄了。

居仁街

在居仁街住過兩年半，十五歲半到十八歲，高一下學期到高三畢業。那個小小的套房，就像陽春版的商務旅館單人房，一張單人床、一張書桌、一個衣櫃，一間僅容單人旋身的衛浴：迷你size的洗臉盆，電熱水器連結的蓮蓬頭就在馬桶上方。

週間的晚上沒有補習，也沒有社團活動，下了課，到民權路上的自助餐店拎了便當，就進房間。書桌旁還有空間，媽媽買了一個籐製抽屜櫃讓我放衣服雜物，上面擺上電熱水壺，國中同學送我的南投蛇窯陶杯（上面題一個「潔」字）擺在旁邊。那時不懂、也不流行單品咖啡什麼的（便利商店塑膠杯裝的左岸咖啡館剛上市，我和文藝少女同學們嗨得跟什麼似的），三合一沖泡包連同麥片、阿華田就放在杯子旁。

兩個三層書櫃，上面擺了幾只玻璃瓶，插了黃金葛。上方是窗，夾了自己去繼光街布行剪的格子布窗簾。由窗口往下看，是一座日式宅院。

那時年紀尚小，什麼都沒有，什麼都沒想。生活必需品單純得如許多房仲愛用的廣告詞：一卡皮箱，輕鬆入住。十七年後，重返台中，家當已是兩大貨車。

女中附近已繁華不再。而我現在接近那區的時候，有點近鄉情怯，但又想繞回去看看，便想到最安全的方式：開車，找個位置停下來，坐在車裡，遠遠地看，如一個狗仔，窺視著、追憶著自己的青春。

我先開到民生路，找個位置停了，去吃民生肉圓。這家老店讓我知道，原來苦瓜不是苦的，是甜的。店家名為「肉圓」，我卻從沒吃過肉圓（彰化人的傲慢喏），總是雞腿飯配苦瓜湯。現在懂得做飯了，一進店裡，看到餐檯上、辦桌用的大不鏽鋼盆，裝著滿滿一盆滷得油亮的雞腿，和一盆與小魚蔭瓜一同燒得入味的苦瓜，才發覺自己那時傻歸傻，還是挺會吃的。

吃飽，到府後街走一圈，當時編輯社常聚餐的外省麵店已傾圮，屋頂上雜草蔓生，斑駁的招牌猶可辨識：牛肉湯麵、大滷麵、酸辣麵……以前的點菜法，是一人一碗麵，再一人出十塊錢切小菜。如有六人，六十塊錢要切一大盤豆干海帶花干不成問題，那多出來的十塊錢，就叫幸福。

開車在單行道中鬼打牆一陣後，終於成功從自由路轉進居仁街。繼光街與居仁街口的ＯＫ便利商店還在，日式老宅院還在，那一棟我住過的老公寓也還在。然而，外牆整個包起來了，像在做拉皮與整修。現在中區許多老建築再生，改成咖啡店、藝文空間與旅館，難道，這老屋也釋出再生了嗎？我猜測著，那隔成小小套房的格局，的確很適合旅館。

忽然，想起來了。它是22號，居仁街22號。高中時的我常自嗨嚷著：「卡夫卡住黃金巷22號，我住居仁街22號耶！」那時並不知道，往後的人生，還會有許許多多、或甜蜜或心碎的，偶然與巧合。

走路

搬家了。這事籌策了三、四年，應該是我出生以來做過最深思熟慮的決定，以及最按部就班的計畫。因為，這不若此前十七年，在台北的遊牧遷徙，而是真正地，離開了台北，回到中部，家鄉彰化北邊的城市，台中。

為什麼？兩個字就可以回答完：天氣。記得是二〇一一年的聖誕連假，當時我住在台北山邊，已經忍受了整整一個月的濕冷與灰鬱，回到台中公益路起端的一所高中文藝營授課，天啊，那陽光，簡直加州！下課後我沒讓學校幫我叫計程車直赴高鐵站，而是慢慢地，沿著公益路往市中心走，我知道誠品也在公益路上，直直走一定會到，我就這樣曬了三公里的陽光，作了決定：我要搬回台中。

我向來是行動派的，回台北馬上查售屋網，了解行情，然後開始存頭期款，稿費進來留下生活必須開支，餘的全鎖進定存。兩年後，約莫存足，再上網看屋。馬的，天崩地裂，房價漲了三、四成！硬買，一定沒幾個月就被房貸給拖倒。因此，又是一番天翻地覆，先賣了台北郊區的房子，把錢存下。搬到台北市中心的五樓老公寓過渡，一邊繼續看台中的房子。歷時三四年，終算搞定。

這應該是最笨的置產術，但沒辦法，我連股票開戶都沒搞過，我只能相信直直走一定會到。說來，這或許是喜歡走路，給我帶來的某種生活哲學。

在台北的十七年，師大宿舍三年，多半時間跟著登山社在台灣高山健行與踏查。永和遊牧租屋六年，動不動從師大走路過橋回家。石碇七年，筆架山、二格山、砲子崙等步道當作晨間或黃昏散步。

最後在台北東區的一年，地處要衝，談事工作都很方便，每天密集工作，常兩三天都在書桌前。而這時，提醒我該出外走走的，是智慧型手機上的內建計步器。當發現竟然每日行走步數是十七步?!僅從房間走到書桌前，這讓我有如看到血壓或血糖破表般驚恐！交了稿子，便趕緊外出走路。一樣要吃明德素食，不選敦南誠品，而是走到三站之外的信義誠品吃，或是從忠孝敦化走到華山，看一部電影，再從華山走到欣欣戲院看另

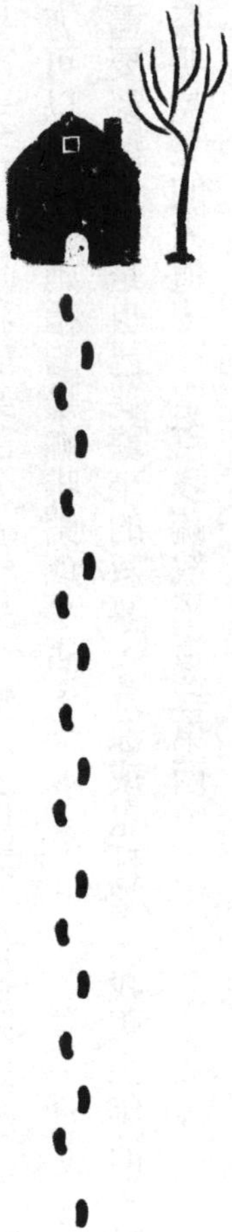

一部電影，最後走路回家。日行破萬步，終於踏實。

也因此，為什麼不是搬回家鄉彰化，而是在台中呢？因為，彰化大抵是無法走路的。我總向朋友比喻彰化是個美國中西部，（朋友神回：沒錯，它的確也在台灣中西部。）出門無車便無腳，家中人口若有四人，就會有四部車，我家便是如此。

卜洛克筆下的馬修·史卡德曾說：「無論生活有多麼安穩，我就是要出去晃蕩一下，這是我的某部分。」另一個朋友則說，住家附近，一定要有地方可以疏散，她指的是咖啡館或小店。

需要疏散的，是自己偶襲來的寂寥、荒涼或鬼打架。我想三年前，台中那條明晃晃的大道，一定幫我疏散了這些東西。

台中生活練習簿

在一個新地方開始落地生活，每天眼睛都是打開的，當然這是比喻，而這比喻來自廣告教父孫大偉。記得好多年前採訪他時，他說：「如果一條路，你閉著眼睛都能走時，趕緊換條路走！」

由一條路，慢慢擴散到一方城郭，過程是有趣的，就好比美食節目喜歡到小鎮上去問計程車運將：哪裡好吃。去咖啡館的時候，問附近有沒有推薦的麵包店？去有機商店買東西時，順便問你們都在哪兒吃飯？問菜市場菜販阿姨好吃的手工麵條在哪，問草本精油按摩店的美容師，推薦的素食小吃店。

當然，這些生活資訊之外，更要緊的是「步調」。台中生活了兩週，我即列下兩件要練習的事：

第一，必須回台北辦事工作掙錢時，在高鐵接駁公車站等候二十分鐘，汗水直流（對，不能喊苦，因為是為了陽光才搬來台中的），為等下的正式會議穿上的白襯衫都要染黃了，站牌上的智慧顯示屏卻始終顯示「7分鐘」到達。終於，它跳了一下，但是媽媽咪呀，變成了「20分鐘」到達，遠遠望去，不見車影。咬牙過馬路，伸手攔小黃，就在開車門的瞬間，公車咻地過去了，停都沒停。記住，練習，不要心痛。告訴自己，花錢買的是時間，時間很貴。

第二，去便利商店拿網購書籍和商品，店員慢悠悠地查看貨架，找不到，輕飄飄地走到倉庫再出來，還是沒找到時，記住，練習，手指不要一直在半空中繞著圈圈，示意加速；不要好像尿急一樣地一直原地踏步；不要好像千里眼一樣一下就看到自己名字，然後氣急敗壞地指著箱子：「那個那個那個，對對對，左邊數過來第二個，最大箱那個。」告訴自己，去看看新款的面膜吧，去挑支冰棒吧。這叫「從容」。

我與這片從容的時境調和著，有時動作慢下來了，心卻還是急的。

和台北下來的朋友去茶館吃飯（瞧，多麼風雅的台中Style），他看著一個一邊吃功夫麵配珍珠奶茶，一邊拿mini iPad當電話跟朋友聊天的胖大叔，說：「台中人看起來時間都好多。」我又毛躁地跳起來，急哭著說：「可是我時間不多啊！」瞬間被自己一語驚醒！原來，我要做的，不是讓自己變成精通巷弄小店的台中達人，不是變成吸飽陽光所以看起來很正面積極的新生活人，而僅僅是，讓自己變成一個，時間很多的人。

但也許我需要的是一台時光機。回到一九九五年，穿著綠制服，和同學在四維路市府路的小巷小店喝茶看書，晃晃悠悠過一整條自由路，慢慢走到火車站，搭上慢慢的平快車回家。那時真的覺得時間好多，未來很遠。也許，我只要跟在那群「小綠綠」（到底是誰發明這名詞？）後面，照她們的步伐走著，就可以走到下一個平實美好的未來。

在地異鄉人

我自認方向感極佳，屬於大腦內建GPS的人種，然而，返回台灣中部生活，出行端靠Google Map。在台北生活久了，習慣以棋盤格來記路，但台中的路，大抵不是直的，同一條路的這頭與那頭，可能已經拐了九十度。

一個計程車運將告訴我，在台中開車，要有一個環狀的概念，無怪乎，總覺得方向盤總是略略傾斜的。最主要的幹道，台灣大道（我還是習慣稱舊名：中港路）亦不是筆直的東西向，而像一條貫穿圓心的斜45度線，無怪乎，台中騎機車腳踏車常不需待轉，只要沿著斜45度穿過路口，便可抵達對向。從容的斜線，是台中生活的眉角。我想，學會「台中式左轉」那天，我便可真正稱作「在地」。

市區，畢竟是城市，無論街道如何不規則狀、環狀、放射狀，穿街走巷總還鑽得回主要幹道。最大的衝擊與驚恐是，只要出了台中市區，便不能沒有智慧定位與導航。

例如：烏日。寬廣的重劃外環道上，到處可見「高鐵站」指標，儘管開至四周都是稻田的鄉道，藍底白字的路標仍寫「高鐵站」，再開一陣，高架快速道路在眼前，應該要上吧。然，開過去，迴轉，再開回來，仍找不到匝道入口，如此四回，放棄，走平面道路，又開始稻田接著稻田。若是無目的兜風，還賞心悅目，但急著找到目的地，綠油油的鄉間景致，就成了鬼打牆迷宮。

若想嘗鮮走新路回彰化，更開得心煩氣躁。快速道路盡頭還要接好長的台一線，車子與紅綠燈永遠那麼多，並且永遠有路段在施工。聽Google的話，轉入外環道，更是黑壓壓一片，黑暗中只看得到在天際線接來接去的新建快速道路，以及每隔幾公里會見到的，大型房地產廣告看板。獨棟尊榮，坐享在地。

我放棄探險，老老實實走老路：中山高。上一次返鄉，順便把代步老爺車開到縣道上的修車廠送修，怕被誆，還加上一句：「我是村裡的，某某的孫女、某某的女兒啦！」接著，走小巷回家，待修好再走去取車。

這是我十五歲以前，每天上學走的路。如台中與彰化之間鄉鎮的命運一樣，這一小片村莊，也蓋起不少連棟洋房，台語稱「販厝」，發音為：「幻厝」。小時候都以為是幻想的幻，家住三合院，羨慕住在新式建築的同學們，總希望哪一棟是我家，「幻」字也很貼切。

而今，住在販厝的人家，我大多不認得了，但還分得出來，哪些應該是外地來的「新住民」。然而，他們看我的樣子，好像我更「新」，來考察房地似的。為了去除這種異鄉感，一回到家，我趕緊拎著鋁盆，到爺爺的菜園裡摘起地瓜葉。

夢中家族

做了沒有邏輯的夢，醒來時總覺得看了一部藝術短片。

在夢中，家族成員的語言都稍稍分岔了。我不知道夢中的確切年月，只知道是端午節前，我接到大舅打到家裡的電話，他問：「你買在三鷹的那個房子怎麼樣了？」

是東京近郊的那個三鷹嗎？夢中的我浮現在腦海的是兩個字。但我回答輕鬆得像是在三峽鶯歌那個「三鶯」交流道，「哦，衛浴重新裝修了，就要搬進去了。」

掛掉電話，我卻跑去告訴母親，爸爸打電話給我，說他明天會回來。母親顯然不悅，「一年都沒聯絡，說回來就回來！」我驚訝，不可能吧，以妳（控制慾旺盛的牡羊座）這種個性，一定天天追蹤著他吧！母親不置可否，對父親要返家似不雀躍，轉身忙自己的事，我對著她背影再喊一句：「端午節了，他要回來吃粽子啊！」

這時我釐清了，在夢中，父親還沒死，一年前治病療程結束，病情穩定，自己找了個地方，靜養去了。

但夢又跳了，我和一個禿頭男面對面坐，他是我的男朋友，現實生活中並未見過，也不是我喜歡的那一型，像日劇中與女主角相親失敗的臨時演員。他訕訕地說：「明天就要和小薰去旅行了，所以今天是你的。你看想去哪裡玩吧！」小薰是他的正牌女友，我是地下女友，我明白表示不需要用這種方式來彌補你自己的愧疚感，但心裡頭更清楚的是，我一點都不喜歡他。

此時醒了，迷迷糊糊卻掛念著，夢中父親說要回來，但我還沒見到他就醒了。於是強迫自己再睡。

我再次進入了夢中，像某種意念使然的瞬間移動，又回到了我十五歲離家之前的老家的房間，現在其實早已重新翻修，成為哥哥嫂嫂的房間。可是夢中的房間仍是我中學時候的樣子，七個抽屜沒一個能順暢開闔的鐵櫃書桌，裡面亂糟糟地塞了與同學間的手寫信件卡片、錄音帶、附鎖少女日記本、旋開就裝不回去的獎品鋼筆，全是上世紀產物。

我打開右邊第一個抽屜，裡面很不搭嘎地放著iPhone5S（我現在用

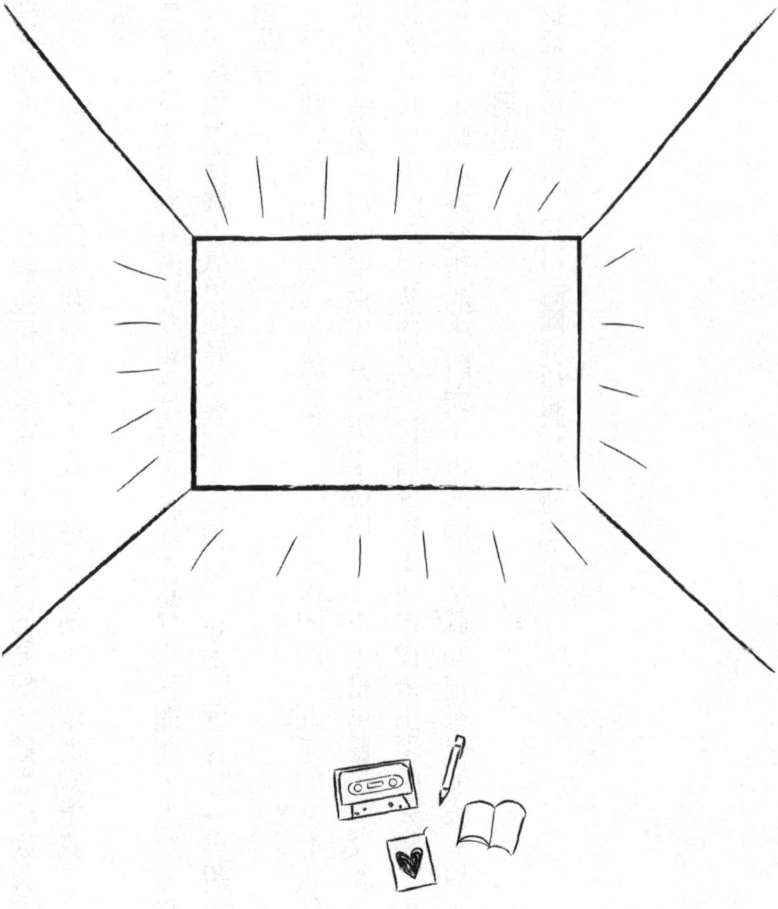

的手機）和充電器，父親沒再打來電話。而樓下的庭院，歡欣的人聲湧上，是奶奶迎接著父親。我刻意晚了幾分鐘才下樓，不讓他知道我是多麼興奮。

然而，待我下到客廳，父親像是被cue好，正好緩緩開門。他穿著格子襯衫與褐色牛仔褲，氣色極好。我問：「你這一年都在哪裡？」他說：「馬靈那裡。」

「是馬蘭嗎？」我問。家族的另一支脈在民國四十八年的八七水災後移居台東馬蘭，親戚還來往著，想來合理。「不，是馬靈。」父親再次確認。這時夢中的我突然懂了，這個現實生活中從未出現的人物，馬靈，是這一年照顧著父親的大陸女子，光聽名字就知道來自北方，眉宇清秀，長腿婀娜。

我感到被背叛，胸口隱隱鈍痛起來，夢醒了。

凍年

元宵夜，丟廚餘，打開桶蓋，便見一塊完好約六吋蛋糕大小的白胖蘿蔔糕，鄰居丟的，可能酸了或發霉了——但亦有可能、並且非常可能，其實還是能吃的，只是，這塊蘿蔔糕的主人，不願意再見到它了。因為已經十五，從除夕夜算起，它可能已經在冰箱占了一大位置占了十五個晚上，也可能它的孿生兄弟姐妹們已經被吃掉了五、六個，或是主人已經吃了太多它們糕字輩的遠親近戚（發糕、甜年糕、紅豆年糕），總之，不願意再因為吃不完斬不盡的年菜，延續這其實老早就收假上班的年。已經十五，人人迫切地想回到日常，沉甸甸的蘿蔔糕便噗通一聲，眼不見為淨。

我呢？我畢竟是勤儉純樸的農家子弟，雖自認練就斷捨離招數，對於食物，還是無法說丟就丟，要丟嘛，就丟進冷凍庫吧。

是的，我自己冷凍庫也還有手掌大的一立方體蘿蔔糕，還有伴手禮麻糬兼蘿蔔酥半盒，像是把年凍起來了。家裡帶回的餅乾糖果每早配咖啡當早餐吃到十五總算吃畢，不敢再買湯圓，把幾顆麻糬退冰吃了，也算吃過了。元宵前一夜家人聚餐，荷葉糯米雞、海鮮火鍋等超級美味的菜尾不敢再打包回來，怕一吃又是好幾天。年過完了，要開始過日子了。

說起來，這種一夕之間豐衣足食，正好是我最害怕的年。魷魚絲、花生糖、花蓮名產夾心餅、南棗核桃糕、從北到南的鳳梨酥牛軋糖，好吧這幾年流行養生就來點綜合堅果或亞麻子岩鹽蘇打吧，這些食物伴著餐桌上的薑母鴨、麻油雞、煎不完的蘿蔔糕、炸不完的花枝丸，一次轟炸。我愛吃，但吃一兩天也就爆炸，看著親戚仍如滔滔江水湧入，人手一禮盒，先是拆禮的欣喜，而後是吃不完的綿綿無絕期。正如，噓寒問暖熱絡互換近況一兩回也就夠，再下去，便是蜚短流長議論別人家關起門來的事了。

過年，好像上了一班連續行駛九天，中途不准下車的列車。我知道一開始就不會結束，所以，這幾年，我乾脆很叛逆地選擇不上車。總是小年夜之前便早早出國去，大約初三初四回，那麼，只要回去一日遊便可。不是我無情無義，而是那每日重複的吃喝吃喝我已經過了三十年。在家過年的最後兩年，我帶上ＤＶＤ播放器和投影機，每天在客房放電影，堂弟堂妹們似乎也比較不無聊。但是，看什麼片呢？輔導級以上難保不會露點，全家觀賞可尷尬。

年前，香港編輯朋友邀我寫一篇過年，我說我是叛逃者，很負面的，寫不出什麼一家團圓的溫馨場面。諷刺的是，有幾次，大年初三初四從峇里島或福岡等鄰近國家的機場返程時，常見到最不樂見到的場面：來自台灣的家庭結成一串出遊，在候機室大聲嘈雜不說，還用包包提袋占了一整排的座椅。

我總退得遠遠的，像一塊出發前被我凍到冷凍庫的蘿蔔糕一般，如此孤寒。

我媽叫我寶貝

我媽加我LINE不久，就來到了我的生日。那天早上，她LINE我：「寶貝，生日快樂。」我下意識回一個震驚回頭的光頭小人貼圖，然後她就已讀不回。我還滿喜歡這種戛然而止的溝通模式。

我一向對新科技慢半拍，上世紀末手機開始在大學校園普及的時候，我也不趕著跟進，直到六人一室的女一舍其他五人同時發出殺氣森森的目光看向我：拜託，求求你，去辦手機。

為什麼成為全寢公敵？也是因為上述那位十多年後會用LINE叫我寶貝的老媽。沒有手機的年代，在中部家鄉的父母想要監控隻身到台北讀書的小孩，連結這兩百公里距離的，只有一條線。猶如臍帶的，宿舍寢室那一條分機電話線。我媽晚也打，早也打，清晨六點就打，而且她女兒我又是全寢睡最死的那個，她奪命連環叩吵醒了家鄉分別在高雄、澳門、台中、台南、彰化市的室友。

但我辦了手機之後，情況並沒有改善，與母親連線模式是這樣的：她打來手機，問：妳在哪？回：宿舍啊。她：好，手機掛掉，我馬上打宿舍。

是的，手機不過變成一個轉接站，對牽掛著女兒行蹤的母親而言，接起一條線種在寢室牆壁的那具室內電話，才代表人在室內，也就是安全，也就是有乖。

出了社會，租屋在外，母親打來手機，不外乎：回家了嗎？在哪？（由背景音車聲或商場廣播聲判斷）在外面？在幹嘛？而母親又是一種很喜歡在嘈雜且通訊不良的場所打電話的族類：喂！妳在哪？我來吃妳二姑婆孫子的喜酒啦！喂！回家了嗎？我陪婦女會和鄉長來拜票啦！（鞭炮聲鞭炮聲鞭炮聲）

我成為安靜獨居的寫字人之後，看到來電顯示上的「Mom」，使知要被轟炸，總先深吸一口氣再接起。我曾以為必須如此一輩子。但是，LINE出現了，無聲的叮嚀問候，可愛溫馨的貼圖，實況報導般的即時照片（「在樓下吃飯」，附上一碗乾麵配燙青菜的照片），把母親和我之間的溝通，提升到了優雅極簡的次元。

她知道我要去日本旅行，傳來痠痛藥膏、眼藥水和維他命的包裝照片，下單曰：幫我各買三盒，同事要的。我回「OK」貼圖。她再傳箱根某處大雨封山的新聞連結，曰：「要小心。」我回「3Q」貼圖（但我明明要去關西，不管）。我沿途發旅遊照片到家人群組，哥哥和妹婿會回：「幹，真爽」，妹妹和大嫂會回：「好想去！」唯獨母親，安靜了。因為安心了，便不需聞問。

當然，我們還是會有面對面的時候。她會把她那支國產品牌智慧型手機遞給我：幫我把股市拉到桌面。或，幫我把桌面換成阿樂（我妹小孩）。看著她滿意地享受這些功能，我想，我還算是個孝順的寶貝吧。

悄悄

她長得太美了，以至於不像我的貓。另一隻散仙天兵浮浪貢的大胖黃貓，看起來和我比較像是一對。她驕矜貴氣，細緻小臉彷如昂貴黑絨布上鑲兩顆貓眼石，身體則是玳瑁色——我還戴有框眼鏡時，最喜歡的顏色。

她太安靜了，以至於存在感極低。整天不叫一聲，該吃就吃，該撒就撒，該睡就睡，總睡在高處。她不怎麼給碰，心情好時倒會過來腳邊磨蹭一下，但手一過去，就跑了。家人朋友都覺得我偏心，比較愛黃貓。黃貓耍寶討喜，手過去就翻肚，看到鏡頭就歪頭，整天喵不停，萌得要命，互動爆表。也因此，撞水杯、摳鍵盤的，也總是黃貓。她是不做這些搗蛋又沒品的闖禍事的，她只遠遠看著。

她太乖巧了，以至於我常覺虧欠。餵罐頭，黃貓搶，她就讓了。暖呼呼的軟墊，黃貓要，她就起身了。冬天一人兩貓共窩一被，她小媳婦兒似的，總只在我腳邊或頭頂，偶爾掀起被子一角要她進來，像黃貓一樣窩在我胳肢窩，她便又跑了。如此幾次討不到公主歡心，我只能安撫著：好好好，不管妳、不管妳。

我真的比較偏心嗎？我也懷疑自己。但黃貓總在腿上、在電腦旁、在耳鬢，跟前跟後，說個沒完。我和她總遠遠對望，她在書架上、菜櫥上、沙發上，總之，都離我一公尺以上。但我時時刻刻總要確認她好好的，哦，好，我看到妳了，便安心了。

來家裡玩的朋友，分成兩派。一派說好險你還有一隻很吵的黃貓，不然兩隻都像黑貓那樣的，豈不像養蚊子一樣沒存在感？另一派則說，黃貓能不能也向黑貓學習，靜一靜，不要硬把毛黏到每個人身上。其實，我偏好安靜，偶爾讓黃貓煩得受不了，我會叱喝他：去找姊姊！

黑貓是他的姊姊。不是同一窩，但是前後兩週被撿到，一隻三個半月，一隻三個月，在中途之家情同姊弟。本來我只要領養黃貓的，領回兩天，兩隻都哭不停，只好再去把黑貓也領回。因此，她有點像童養媳或者丫環，簡言之，來陪黃胖少爺的。

但養了幾年後，我不這麼覺得了。她像隔壁班好班的班長，鎮上醫師或律師的女兒那種，安靜優雅，守分自持，無視於每天吵吵鬧鬧的黃貓與

我，放牛班的快樂小丑。

她活得安靜，也走得安靜。據家人說，早上還能吃能跑，中午再看到，一動也不動，僵掉了。我不在家，接到電話衝回家，家人把她放在柚子禮盒箱裡。我已哭到說不出話了，看著她，仍下意識說出一句：「要乖乖哦。」事實上，她的乖，豈要我交代。

送獸醫院，醫師問了年紀，十一歲，判斷是高齡貓突然心臟衰竭或心肌梗塞。如此悄悄，如此，不給人帶一點麻煩。除了幼貓時打預防針和青春期結紮，沒進過醫院，十一歲，所有老化的苦都未降下之前，在家裡如睡著般，慢慢僵去，多麼讓人羨慕的生命。

怎麼活，就怎麼走。陪伴了我十一年的黑貓卡魯娃，教給了我這件作為一個生命，最重要的事。

食

麻油雞

我之所以沒有辦法成為一個全素食者，很大的原因是我媽的麻油雞。但在我家並不這麼叫，而是以台語簡稱「雞酒」，亦即這道菜的主角，酒大於雞，而雞更大於麻油。不列在名稱之中，並不是不重要，而是那基本得無需提及，老薑與麻油便是這樣包覆在雞酒裡。我們家一年四季都吃，聽說家族成員的好酒量基因是這樣來的。

在台北街頭，若見到好像很厲害的麻油雞，我會自動被吸進去。儘管沒有一家比我媽做的厲害。有次鄰桌來了一對金毛老外與黑長直髮豐滿台灣女孩，他們在吵架。女生恰北北連珠炮用英文抗議男生的不體貼，晚上老是跑出去跟朋友玩，她說，以後所有行程要一週前就確定，並且要經過她同意。男生嘻嘻哈哈逗著她。女生說我要回家了！男生說可是你點了你的ma～yo～gi～。

接著，他們的餐點上桌了，跳接到兩人琴瑟和鳴地面對面吃著麻油

雞。我沒看到他們如何快速轉變或麻油雞如何快速催化。因為那幾秒我閃神了——我憤憤不平地看著他們那兩碗！心想，為什麼他們的ma～yo～gi～比我的大碗那麼多?!

常有人問我，小說裡這些戲劇化的情節都是怎麼來的？我想，應該就是來自廣闊的觀察力與狹小的正義感。

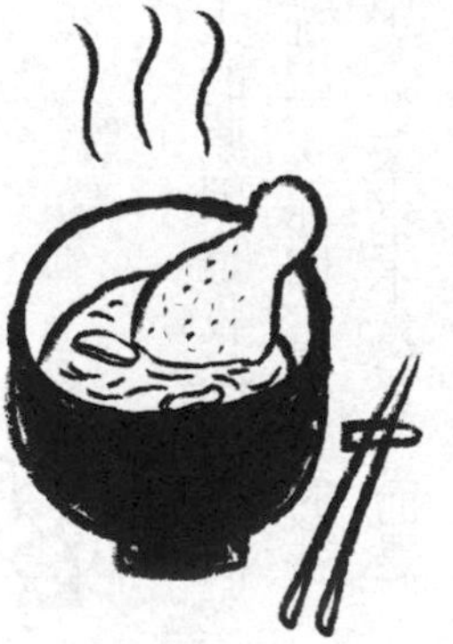

湯包素餃

社區裡的湯包店有個言簡意賅的「書腰」：鼎泰豐的實力，路邊攤的價格，就做成小小立牌，放在店門口。門口蒸籠堆疊、整日冒著煙，擁擠程度也如鼎泰豐，唯，店內桌椅是路邊攤的：摺疊桌、塑膠椅，地面總是濕滑，只得鋪上幾張拆開的瓦楞紙箱。

最近它重新裝修了，換上石英地磚，原木桌椅，價格不變。到底吃起來比起鼎泰豐如何？我無法判斷，因為我對湯包無感，我覺得鼎泰豐最好吃的是炒飯，而這湯包店最好吃的是香菇素餃。

素餃一籠八個，呈葉子狀，香菇、木耳、粉絲、青江菜末再加上點芝麻，鮮香清爽。若一人吃，可再點一碗小米粥，一碟小菜。店裡客人大多是社區住戶，而有次，我見到一個ＯＬ熟女，帶著一個日本戶外健行風型男，兩人拘謹如第一次約會。穿著差異甚大，且女生日文完全不通，不太可能是公司客戶，兩人比手畫腳。突然，女生拉著男生的手，走到了醬料檯，指著檯前的海報：鼎泰豐的實力，路邊攤的價格，手指用力點著鼎泰豐三字。男生點頭如搗蒜，重複哇嘎嚕哇嘎嚕。

愛情不用翻譯，鼎泰豐也不用翻譯。管他是不是吃到了本尊，實力最重要。

菊元

去大稻埕迪化街走了一圈，經過民生西路「菊元」料亭時，突然想起：啊，我是吃過菊元的，只不過，不是在店裡吃。

學長A要去科羅拉多州爬山兼讀博士那年，他阿姨辦桌幫他餞行。學長W和我約了他吃飽後去河濱公園喝啤酒，「記得帶點菜尾來啊！」W喊著。

A拎了好大一袋來，我在公園長凳開著便當盒，有烤鰻魚、烤牛小排和花壽司，每一道都擺得層層疊疊，料好實在，我驚叫：「哇！你們怎麼都沒吃?!」A說：「靠夭啦，這是另外點了外帶給你們的啦！」W和我狼吞虎嚥起來，就在景美溪旁，看著永福橋車流，三人自由如流浪漢。

吃飽喝足，學妹的任務：收拾衛生筷、空酒瓶、便當盒。我把那印著「菊元」的塑膠袋打個結，準備拿去丟垃圾桶時，突然覺得有點不對勁，又把袋子打開。果然，底下有一個紅包袋，摸起來裡面厚厚一疊。我遞給

A：「喂，這個也是外帶給我們的哦？」半倚在草地上撥玩著吉他的A彈起來：「靠夭我老母千交代萬交代說絕對不能收，剛剛還在餐廳推半天，我阿姨還是偷塞進來了！」

這就是我唯一吃過一次的菊元。非常老派。

巫雲

那時巫雲還在師大宿舍後門，那時我還可以半夜不睡覺，那時我不到二十五歲。

去巫雲，不只為了超級好吃的辛香酸辣雲南家常菜，不只為了滿屋子的搖滾黑膠，而是它像個孤魂野鬼收容所般，既有海納百川的寬容，又有臥虎藏龍的趣味。晝伏夜出的文人作家、出門在外的泰緬僑生、租居台北的中南部遊子、加班到深夜的文化苦力。我當時身分兼具最後兩者，從信義區的編輯室下了班趕上末班捷運，還未吃晚飯，直接搭到師大，走入龍泉街小巷，推開木框拉門，往廚房喊：「五哥，我還沒吃飯。」

老闆五哥端上來的，會是一個碗公，盛了熱飯，淋了咖哩，幾塊雞肉、馬鈴薯，偶爾有雞胗，旁邊一點滷豆乾、高麗菜，一點酸辣粉絲，如在家吃飯。有時吃飽和熟客聊聊天，就搭計程車過橋回永和租屋，有時，幸運的話，可以參與全套巫雲頂級行程。

清晨五六點天矇矇亮，數一數還留在店裡的客人，拆成幾輛計程車，五哥帶隊到中和華新街吃地道的雲南式早餐：豌豆粉、稀豆粉、各種拌麵。為什麼對客人這麼好，五哥咧嘴笑，說：「Peace。」

巫雲是全台灣最接近雲南的地方，也可能是全世界。

下水湯

一雙白皙渾圓的小腿，穿過大宅院後進的門庭，來到天井。傭人們在那兒宰殺雞鴨鵝，取出活跳跳的內臟：心、腸、肝、胗，洗淨、裝在瓷碗，小腿的主人——這戶人家的千金，活潑蹦跳捧著碗到廚房，那兒伙夫已燒好大灶上的大鍋水，準備烹燙家禽，另外起了一小爐火，讓大小姐煮她的下水湯。

千金將整碗內臟倒入滾水中汆燙，撈起，放入已裝好些許鹽花、新鮮薄荷葉與枸杞的厚胎碗公。一家上下都還在忙進忙出，準備祭拜或喜慶，她大小姐已悠閒地，坐在廊下，吹著風，細嚼那剛撈取出的「腹內仔」（台語中「內臟」的口語說法）。至於那些拜拜過後上桌才吃得到的雞腿鴨翅，就讓男孩子去搶。

這千金是我的曾祖母，生於民國前十年的我爺他媽。我當然沒見過她的少女歲月（哦上輩子，或許），百年之後，聽著她的兒子媳婦，即我的爺爺奶奶描述她愛好美食的行徑，簡直相見恨晚。這樣的婆婆，很難伺候吧？我問小媳婦我奶奶。奶奶像是滿腹酸楚不知從何傾倒，只嘆句：「她就是很重吃啦。」

曾祖母在我五歲時過世，我還記得她闔眼之前，吃了一碗排骨煒出來的綿密粥糜，才平靜離去。

印象十九

那是怎樣的一種遁逃路線呢？八〇年代，一群二十多歲的公務員小姐，每隔幾個月在鄉公所前集合，三五台偉士牌摩托車，兩兩互載，那時還沒有安全帽這東西，她們頂著吹成半屏山的頭髮，兜風騎行半小時，到一叫作「員林」的市鎮，車停妥，一個個笑得燦爛，走進摩登的西餐廳，名叫：印象十九。

這些小姐們家裡大多務農，從阿祖阿公到阿爸都堅守不吃牛肉，但現在，她們開心地點了牛排，拿了刀叉，服務生送上竹籃裝的奶油小圓麵包時，她們覺得自己又向文明與時髦邁了一步。她們大多穿絲質襯衫配長裙，絲襪配低跟鞋，吃飽後，一個個手勾著手，上街買衣買包買鞋，累了渴了，再到冰果室點幾盤八寶冰分著吃。

母親是這群小姐中年紀稍長、也最早結婚的，因此，還在讀幼稚園的我，成了小跟班，認每個阿姨當乾媽。當她們吃著牛排時，我也有一份牛肉燴飯兒童餐。印象十九招牌上那很像髮廊、或機車擋泥板上的字體，成為我最早小確幸、小享樂的記憶。

回程站在偉士牌前座，雙手緊抓擋風板兩根鐵桿，追著夕陽，小小的我似乎已知道，我必然去到更遠的地方。

雞屎藤

若每個人家都有一道祖傳的暗黑料理，我家最暗黑的莫過於雞屎藤燉粉腸。

雞屎藤是一種藤蔓類藥物植物，葉子鮮嫩，鐘形小花嬌滴可人，但加熱熬湯後，葉子就全變成黑色，湯汁也如墨汁。我家習慣加整條豬粉腸一同燉煮，起鍋時，才用剪刀把腸子剪成小段，配很多很多葉子，佐浮著些許油脂的黑湯。

名為雞屎，已讓人卻步；整鍋黑嘛嘛、連肥白腸子都染黑，更毫無賣相可言。但我們家竟就這樣一代一代吃了下來，主因是它對止咳化痰療效極佳。現在偶爾返家，受寒咳了幾聲，隔天一早爺爺必定摘好一大把雞屎藤，買好一兩斤粉腸，洗淨後一同丟進電鍋，燉至葉爛腸熟。內鍋沸騰時，整屋子都聞得到那特殊的青草味，但絕不是雞屎味。

究竟吃起來味道如何？其實，挺香的。但嚼了葉子，就如吃了墨魚麵，唇齒全黑，食畢得刷牙漱口。因此即使從小吃到大，我也常只喝湯吃腸，不吃葉子。據說媽媽和嬸嬸們在剛嫁過來時，也是不敢碰不敢吃的。我和哥哥妹妹曾開玩笑言，誰想成為我們家的媳婦或女婿，就看能不能吃下雞屎藤。

薄荷蛋花湯

十多年前第一次到雲南麗江旅行時，在溢滿小資風情的古城菜館的菜單上，看到「薄荷蛋花湯」這道菜，忍不住驚叫，並且馬上點了。

我一直以為這道菜是我家才有的絕門菜餚。老家四周野地裡，薄荷隨處攀長，圓葉與鋸狀葉品種皆有。那不是法式手工甜點盛行的年代，故不需凝脂白玉般的起司蛋糕上那一片薄荷葉；雞尾酒裡的Mojito也還沒紅火，故薄荷也未被搗碎與檸檬片一同放入玻璃杯中。我所能看到的薄荷，就是薄荷蛋花湯裡的薄荷，得好大一把，葉子多過蛋花，也多過湯，煮好後用碗公裝，如一缸茂盛的荷葉。

通常是爺爺奶奶煮給我吃的，尤其是青春期動不動犯頭疼，薄荷止痛鎮定，雞蛋營養，若正好有白切肉，加一兩條瘦肉絲，添一點油脂。在麗江吃的那碗湯，與家鄉口味幾乎完全一模一樣。

後來到了大理，市場上攤攤可見薄荷，時值夏末，白天仍很炎熱，街上認識的波西米亞旅行者買了一大束，分給每個人，摘幾片葉子擲入水壺，又買幾顆檸檬，再加入檸檬片，清新舒暢，看起來又好風雅。但我只想著找個鍋找個爐，買只雞蛋，吃碗熱呼呼的湯哩。

納西雜鍋菜

一人吃飯很難嗎？我常自煮自食，其實，不難，難的是同一鍋東西得吃上好幾天。膩了，用保鮮盒丟冷凍庫，一兩週後想念了再拿出來退冰。因此我的冷凍庫裡曾同時間有一盒盒的番茄肉醬、蔬菜咖哩、南瓜濃湯，皆是需以大鍋煮成的菜餚。

因此，當麗江白沙古鎮的納西家常菜館老闆很客氣而抱歉地告訴我，雜鍋菜無法煮一人食的小鍋份量時，我完全可以理解。但一人旅行在外，我實在不想再吃咖啡館的一人份三明治（好空虛）、或一碗米線（只是粗飽）。看見老闆正往煤爐上的砂鍋裡，大方擲入南瓜、馬鈴薯、小芋頭、豆腐、香菇、海帶、木耳、白菜、青江菜……野菜控我毫無招架能力，央求他能不能幫我做一份小鍋的？

其實，臉皮厚點，拿個碗挨到那十人大桌旁，裝可愛喚聲阿哥阿姊，沒準兒也就沾到那一桌豐盛了，但那實在不是孤獨旅者我的風格。我豪邁告訴老闆，您就做吧，我盡量吃。

這是麗江納西族傳統食物，重點是那繽紛多樣的時蔬，「每樣放一點，鍋子也滿了啊。」善良老闆幫我心疼荷包（其實一大鍋不過二百元台幣），解釋著為何無法做小鍋。我又舀了一碗，嘴巴塞滿各種野菜，含糊出聲：「放心！我很能吃的！」

烏賊掛麵

北海道的小樽以握壽司聞名，老舖有好幾家。我選了政壽司，因為套餐組合裡有著看起來很厲害的ikasoumen，烏賊掛麵。

師傅在整片雪亮的生烏賊上唰唰唰明快準確畫無數刀，使之如麵線般，寬細均一，上覆海膽，一同蘸和了蛋黃的鰹魚醬油，入口，濃滑黏稠鮮甜，在咀嚼中召喚著海潮，嘴唇則被這極上之味形成的天然薄膜滑液覆蓋。膠原蛋白！我想著，捨不得地將黏住的嘴唇分開，再吃下第二口。

吧台前，老職人指導著新學徒。看來刀工是煉獄廚房試驗的第一關，一個大男生正怯怯將一顆大菜頭刨成彩帶般的薄片，中間不能斷。另一頭，看起來入行較久的二廚，則練著烏賊掛麵。職人們亦提供聊天服務，我只看不說就很過癮了，但老闆娘怕我被冷落，請老師傅招呼我。噓寒問暖結束，初級日語用罄，我目光仍追著玻璃內那些精湛的刀工。

「這會不會很困難？」我指著鄰座又一盤上桌的烏賊掛麵問。師傅想了一下，說：「做得不漂亮很簡單，做得漂亮就困難了。」酒足飯飽，踩著鬆軟新雪回旅館時，一吸一吐間仍充盈鮮美，幾乎讓人飄浮。我想著人生的簡單與困難，以及漂亮。

烏龍冷麵

二〇一三年夏天去了瀨戶內海藝術祭，以直島為據點，每日搭船到不同小島上參觀美術館與各式在民宅中的展覽。直島上，歪拐巷裡的老屋零星坐落藝術家作品，穿過蓊鬱山徑，到達島的另一面，便是安藤忠雄、草間彌生等名家大作。民宿主人經營著祖傳三代的百年烏龍麵，我們的房間就在那樸實無華的町家食堂對面。

在烏龍麵故鄉讚岐住了半個月，吃了無數家，也偷看了許多撇步。冷麵條要Q彈有勁，關鍵在「洗」。煮熟的麵條需放入流動的冷水中，如浣衣般，不斷掏洗，最後才收攏在小竹片上。吃時，在昆布柴魚麵露裡和入細蔥與一小撮薑泥，以麵就醬。

我們每天起得早，向主人借腳踏車時，推開沉重的木框玻璃拉門，滿屋彌漫溫暖辛香氣，我才看見，民宿老太太每天一早的工作，就是將一大籃的薑洗淨削皮，拿研磨板，一塊一塊慢慢磨成泥。一份冷麵只配一小撮，每天需要一小山堆的薑，可見賣出不少份。而磨得這麼辛苦，怎不用電動攪拌機呢？但那似乎已是她一天日常的開始，秩序不容被打破。

「手打」烏龍麵固然聞名，親自來一遭，才知更強大的讚岐精神，在於手磨薑泥哩。

千層蛋糕

帶母親去京都自助旅行時，才知她對一層一層、每一口都充滿蜜糖蛋奶香氣的年輪蛋糕情有獨鍾。母女倆到百貨公司地下的知名糕點店買了兩小塊，帶著在往奈良的電車上吃。母親說：「沒你阿嬸做得好哩！」

母親指的是比我小一歲的印尼堂嬸，幾年前嫁給年紀可以當她父親的堂叔，生了一雙靈活慧黠的兒女，小我兩輪的堂弟堂妹。我知道印尼也有千層蛋糕，由荷蘭傳進，成為傳統糕點。下一次返鄉，我便央請阿嬸教我做。

阿嬸帶來了三十顆蛋、一盒印尼鹹奶油、些許麵粉、糖，蛋只取蛋黃，把這些材料以攪拌機混合之後，才是細工的開始。每次只能在烤盤上鋪上一層，入烤箱，五至十分鐘，拿出來，再上第二層。也就是說，若一條蛋糕有十層，如此動作需重複十次。兩層金黃交界處，會綻出琥珀色的光澤。

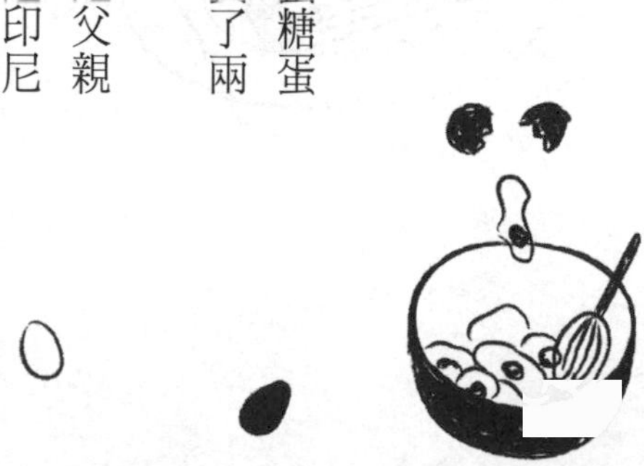

這自己動手做的真材實料版，一條蛋糕可切十片，平均一片裡有三顆蛋黃，以為只是吃了一片蛋糕，其實吃進了大量膽固醇。而一盤算成本便可知，外面糕點店賣的，必定是用來路不明的蛋粉與香精取代。

我只自己親手做過那麼一次，後來在外面也不買來吃了。

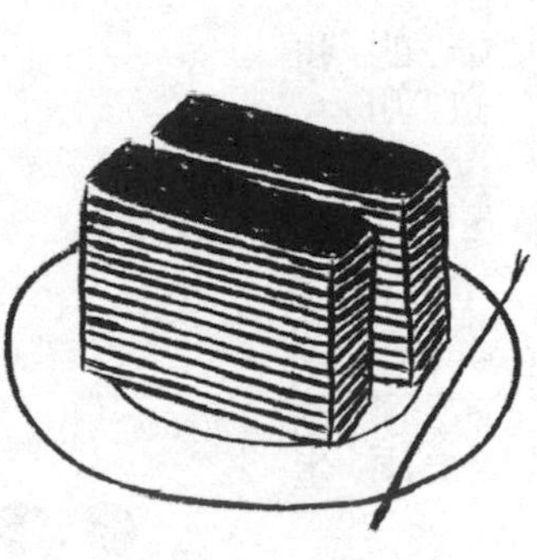

包子

閉關寫作時，吃什麼東西最方便？

我試過煮一大鍋關東煮：白蘿蔔、油豆腐、玉米、海帶、牛蒡、甜不辣，餓了就舀一碗公份量到小鍋加熱，蘸甜辣醬與豆瓣醬吃，在呼呼白煙中思考接下來的段落。但一天下來，必須清洗的鍋碗瓢盆亦不少。

後來，我發現包子才是閉關良伴。擱電鍋裡蒸，不必顧爐火，熱了以手就口，免動筷動叉。一菜包、一肉包、一芝麻或豆沙包，澱粉、肉類、菜類、甜點，皆滿足了。接下來的問題便是，哪裡有好包子？

出關在外遊蕩時，我特別留意包子店，有幾家已買成習慣，也知道哪幾款招牌：廈門街的康樂意甜鹹皆好，但要耐心排隊；師大路永豐盛高麗菜包香甜；萬芳社區湯包店的菜肉小包與芝麻小包，個頭小，好填腹，麵皮有嚼勁；東區二一六巷比鄰的兩家名店，花樣多，五穀雜糧、沖繩黑糖、養生桂圓，很能嘗鮮；大安路老字號包仔店的三角大紅豆包堪稱隱藏版包款。

我一次買六個八個，回家冷藏冷凍再回蒸，實非包子奧義。若能在路邊買了，邊走邊吃，才真逍遙。所以，趕快寫完上街找包子吧。

花生乳

花生乳是台南小吃教主帶我們去喝的。「每個人買一杯，先喝為快，然後再每個人帶一罐回旅館，因為晚一點你一定會很想再喝。」我們照做。之後，我每次都這麼做。

台南食物有一股催化力量，讓你進入千錘百鍊的日常。花生乳便是這一味。有些食物並不是有多珍貴稀有，而是已經沒有人這麼做。去皮的白花生蒸至熟軟，再打成乳狀。與其他地方冰果攤上見得到的，以花生醬和牛奶打成的花生牛奶沙不同。後者的香氣是強烈迸發的，而花生乳，則清淡而細水長流。

日前到台南，一如往常，正事辦完之後慢慢踅至這孔廟後方的小攤。一驚，攤子不見了，不，是原本在街角的矮屋全都夷為平地。問了隔壁商家，亦不知搬到哪。實體記憶座標被剷除了，只得上雲端尋求驗證與慰藉。我站在原址向萬能臉書求救，花生乳同好們哀號，而當地網友回覆，店主老夫妻仍在尋找新店面，不確定何時重新開張。

頂著大太陽沿紅牆走到最熱門的冰果室，大排長龍的觀光客個個拿著點餐單搧風。好吧，到對面「小說」咖啡館喝杯比利時啤酒吧。不料，結束營業。

這是我第一次覺得，台南好熱。

鳳梨

「鳳梨都已經改邪歸正了，為什麼百香果還沒?!」她整張臉皺在一起，像個小孩嘟囔，我和幾個女孩兒在麻辣鍋吃到飽笑得東倒西歪。我們都嗜酸，見了百香果樂不可支，除了她。她說最近才學會吃鳳梨，是因為鳳梨怎麼一夕之間全變甜了。

是的，我記得小時候吃鳳梨不但酸，還很刮舌，學大人們吃完後再吃一瓢白糖，或後來人家說應該吃鹽，好似都沒用。但品種改良後，鳳梨竟還能甜出牛奶香氣來，吃法也越來越多。

鳳梨與肉桂是絕配，這是在澳門一家窯烤餐廳的大驚豔。鳳梨烤得表皮微焦，撒上肉桂粉，我可一次吃下好幾條。我自己的獨門吃法，可比番茄蘸醬油膏，是鳳梨蘸油醋。巴薩米克紅酒醋加些許鹽巴、芥末籽醬，和入初榨橄欖油，淋在切好的鳳梨上，既是水果，也是蔬菜，吃到最後盤底清香鮮爽的醬汁，直可端起盤子直接喝掉。

瑜伽教室的媽媽學員送我一罐自製果醬，正是鳳梨百香果醬，酸得好，我加在杏仁豆腐上，小口小口吃。我想起她來。憂鬱善感的她已在幾年前自殺走了。她怕吃酸，我告訴她鳳梨其實甜度超標。依稀記得她說了句，所以它偽裝成這麼酸，其實是要人們忘了它有多甜。

芒果

每年夏天，我都希望可以學會一項本事，那就是：嫻熟每一顆芒果籽的大小、厚薄、走向，以利每一刀下去，都能不偏不倚，不多不少，取得最大塊果肉，而不是握著一根肥滑的芒果籽站在廚房水槽邊狼狽啃咬，香甜汁液滴滴答答。

其實，看每個人吃水果的樣子，就可以猜測一二他的家庭背景。聽說台南的切盤水果攤特別鼎盛，是因為往日府城人家，是不懂得如何切水果的，因為都是下人切好端上來。所以，儘管滄海桑田，這一點貴族習氣卻保留在生活裡了。

我家並非名門，對吃水果一事的優雅，大概來自祖父母的謹小慎微。上大學住校，看見同學買了木瓜，對半一切，挖掉籽，捧著一半的木瓜碗，直接用湯匙挖來吃，覺得不可思議。我幫她們削皮、去籽、切塊、裝盤、遞上叉子。

「哇，你是從小被訓練當女傭是不是？」

「不，我是公主，在家時是爺爺奶奶這樣弄給我吃。」

我更好奇那她們怎麼吃芒果？答案是，永康街啊。

我幾乎把削芒果當作一種儀式，廚房狼藉是一回事，當捧著小玻璃碗，好好坐下來，舒爽地以叉子吃著冰涼芒果時，你會感覺，生活沒那麼糟，自己過得沒那麼糟。

老師大

回想起來，我的歪嘴好像是在師大養成的。每天三餐（有時加上消夜）都有琳琅滿目的選擇與混搭：上海生煎包配馬來西亞肉骨茶、泰緬口味粑粑絲配古早味青草茶、滷味配豆漿。

但到底師大還有什麼攤子或店家，是從「我們那時候」開到現在、而現在還會回去吃的呢？每每和師大同學們聚會見面了，就聊這話題。

偶爾回去繞一圈，認真說，只剩一攤：泰順街的紅豆湯圓，夏天賣冰品，冬天賣熱甜湯，攤子無名，只有攤上招牌的一顆心，標明冷熱。老闆幽默風趣，常言：「我的心現在是熱的了。」算錢找錢喜歡開玩笑地將金額乘以十，如：一碗三百，新來的還真會嚇到。這是我會願意專程搭公車或騎Ubike去的一個攤子，元宵夜我也去了，但排隊綿延十公尺，作罷。

而那些時常想念的凋零店家，大多亦沒有名字，或名聲不響亮：浦城街巷仔內便宜大碗有如在家吃飯的阿婆魯肉飯、雲和街巷底滷味極好的麵攤、店內座位雅致店如其名的溫厚自助餐、龍泉街尾門口擺兩隻鸚鵡的家常炒飯（我們就直接叫它兩隻鸚鵡）。它們不曾出現在夜市指南，只留在老師大人的記憶裡了。

五行蔬菜咖哩湯麵

小巷裡新開的素食店招牌上標榜有機無毒，這類標籤對我像是吸鐵。但推開落地紗門，是個陽春到不行的空間，大賣場裡最廉價的戶外休閒桌椅勉強湊合，牆邊是碗櫃，裝食材與備品的紙箱裸露堆疊。

老闆娘是個中年婦人，廚房幫手是一個老婦，前者喚後者為阿嬤，不知是否真是血緣上的祖母，兩人手忙腳亂。還有幾位婦人，自己盛湯裝飯，熱絡交談，但內容並沒有邏輯，竹碳與漏水，豆漿與椎間盤。我覺得她們各自都有一塊東西鬆脫崩落了。我這白目闖入的新客，並不擾亂這群相互扶持的女性團體。

其中一位對呆站在中間的我吆喝：「你不自己來就沒得吃！」我想她的潛台詞是：「喂！新來的！」哦？是跟速食店一樣嗎？但沒有菜單。「呃，我想吃有熱熱的湯的。」這位像輔導長般的太太擅自幫我點了五行蔬菜咖哩湯麵。

接著老闆娘找麵條，阿嬤找咖哩粉，我知道事情不妙。二十五分鐘後，麵上桌了。我呆瞪著它。我害怕吃完這碗上鋪黑木耳絲、高麗菜絲、紅白蘿蔔絲、罐頭玉米粒（真的五行），淋上咖哩粉與熱水的湯麵，就會被吸納進某種不為人知的異端生活。尤其我看起來是這麼需要溫暖。

牛肉麵

大學時登山社有個標準迎新行程：塔城街牛肉麵加登山友。三五台摩托車，三五位學長載學妹，從師大路呼嘯至火車站，在那一排低矮老屋皆售牛肉麵的攤子上吃碗料多大碗的麵，再至旁邊的果汁攤買直接用塑膠袋裝插吸管的木瓜牛奶西瓜汁或苦瓜汁，人手一袋五顏六色浩浩蕩蕩，到老字號登山用品店採買裝備。用可以吃一百碗牛肉麵的價格，買一個背包。

「好吃嗎？」我記得當我成為學姊要帶隊時，一個學弟這樣問。我爽朗回答：「不重要，那是儀式！」

三十歲生日前一晚，十月的颱風夜，和哥們在咖啡館聊至深夜，不知誰起勁地說要打賭，某家報紙是直排還是橫排，輸的要請吃林東芳牛肉麵，馬上到便利商店揭曉，我輸了。我們一人開一台車，穿過風雨，在八德路那半夜仍絡繹不絕的小店集合，夾了一塊湯汁飽滿的花乾相互碰一下，裝成是舉杯祝賀，然後我就三十歲了。

我最近最常一人吃的，是內湖大賣場區的熟成牛肉麵。賣相高級，但一碗也不過兩百。我總買完菜與家用品，像個孤獨主婦一人坐在光潔座位上品嘗那琥珀色的熟成牛骨湯頭。這也是儀式嗎？也許是吧。

霜淇淋

便利商店開始賣霜淇淋，是件大事。中部鄉間夏夜，全家人除了看電視沒有別的事。妹妹說：「走吧，我們開車去買霜淇淋。」載上一歲小孩、三歲小狗，拉了母親（功能是我們下車買冰時，她可在車上看顧前面兩位），多元成家的一家五口，開十分鐘的車，到離家最近的小鎮便利商店。

店員是典型鄉間純樸的阿妹仔，但穿上背心制服就得用一種修飾的聲調喊歡迎光臨。我的那支被阿妹仔旋歪了，舔兩口之後越來越斜，隨著我笑到歪腰，又歪得更快，妹妹矯捷回頭向阿妹仔要了紙杯和小匙，扣上我手上搖搖欲墜的冰霜。當了媽就是不一樣。

回到車上，小孩叫，小狗跳，兩個不能吃冰的生物，為這兩管奶香四溢的冰品興奮鬼吼著，小孩舔著融化的奶霜，小狗撿著餅乾杯的碎渣，母親維持秩序同時也偷吃了幾口。

我想起一個人在日本各城市寺廟參道、祭典攤販上，吃過的無數支霜淇淋，冬天凍到咬牙都要吃，口味隨著各地物產變化，從基本款的抹茶香草，到岡山白桃、愛媛蜜柑、小豆島醬油、直島海鹽……皆安靜孤獨，冷暖自知。

原來多幾張嘴吃冰，是如此歡鬧逗趣的事。我像個第一次吃冰的小孩，新奇而感恩。

菸與咖啡

我曾是個吸菸者，但一日也就零至五根。朋友說，既然可抽可不抽，你不如就戒了吧。不，我有個謬論：既然我不一定要抽，也就不一定要戒吧。進入禁菸區時，不痛苦；氣氛適合一同吞雲吐霧時，不掃興。

但幾年前去了一趟斷食營之後，香菸就自動離我而去了，禁閉多日，回到家想放鬆，吸了一口，皺眉捻熄，不想再抽了。此後沒有慾望，沒有需求，大腦沒想，身體也沒想，將抽屜裡的免稅菸大方分送昔日菸友。

這是一種玄妙的體驗。我的一位瑜伽老師告訴我，她曾一天要三杯咖啡，有天喝了一口，完全不想再喝。她站到路邊垃圾桶前，對著那外帶紙杯慎重告別。

飲食猶如身心辯證。有時候，心靈還在那兒對一樣事物心心戀戀思思慕慕，身體早已棄絕而去。我喝咖啡不心悸也不胃痛，怕影響睡眠也很自律下午五點過後不喝，相反地，它給我安神鎮定與樂趣。然而，斷食歸來，第一口咖啡的確讓我心跳加速末梢發抖。但我戒斷不了，像「復健」一樣，循序漸進，從一口到半杯，再到一杯。

後來，發現戒菸的確會發胖時，我懊悔地想，哎呀那再抽回去好了。但，回不去了。我只能選擇暫戒高熱量食物，少吃多動。在人生設下那麼多紀律，還有樂趣嗎？嘿，正好，這就是樂趣。

24小時

「這樣問好了，如果你只能在這裡停留24小時，你會吃什麼？」這是每次我做旅行功課時，會對達人朋友們拋出的問題。猶如大廚的最後晚餐一般，當時間濃縮至一日，每個人的表情都不再是提供建議的帶路玩家，而是回到了彼時彼景，緬懷與追憶的神情，如遊走的浮光，在他們臉上交錯閃現。

在倫敦留學過的朋友，推薦我到東邊，一堆波西米亞藝術家擺攤的市集區，看幾道酷炫的塗鴉，逛幾家手作商品小店，然後，到一家外表樸實不起眼的麵包店，勇敢走進去，點一個燻牛肉貝果，一定要擠很多黃芥末醬。果然，那貝果的嚼勁，與芥末的嗆辣，我至今仍記得，亦沒有再遇到更好吃的。

如果是舊金山一日遊呢？那當然是到與城市之光書店幾步之遙的柯波拉導演餐廳，義大利文菜單看不懂沒關係，只要前面有冠上「媽媽」

（Mama）兩字的就是私房家鄉味，吃披薩、喝紅酒，看幾本劇作家雜誌，心滿意足。

那麼，巴黎呢？朋友丟給我幾家米其林星級名廚餐廳，說著味蕾每次如何被挑戰與顛覆，我一一記下，卻默默想著，只要帶一條麵包到新橋邊坐到天黑，那對我來說，就是最私房的巴黎了。

Tableware

我對所有的tableware無可抗拒。字面上看來，是給桌子穿上的東西，即：餐具（杯碗刀叉筷瓢）、餐墊、餐巾紙，以至更講究點的筷架、餐巾架、多層盤架等。

但若只是尋常一餐，桌子該怎麼穿呢？抽兩張紙巾摺鋪好，擱上衛生筷、塑膠匙（對不起我懶惰沒用環保餐具），等待一碗陽春麵、一碟海帶豆干。一家麵攤的「好呷款」就看那小菜盤上一抹薑絲是否畫龍點睛，撒上的蔥花是否錯落有致，若老闆娘淋上醬油膏的身姿又有如寫書法那一撇一捺，這幾十塊錢解決的一餐就值得了。

我就是在這麵攤看見那小女孩的。她約莫十歲，跟她矮胖的媽媽一起進來。媽媽在玻璃櫃上拿了現成小菜（涼拌海帶之類），邊走邊拆衛生筷，塑膠套扔在桌上任風吹飛，坐下來，就著電視大口吃得唏哩呼嚕。而小女孩不為所動，一逕摺著紙巾，擺好她的tableware，低頭安靜等著她自己那碗麵。

她去哪裡學的？我看著眼前這對不同世界的母女，已可預知二十年後女孩將背著箱子在巴黎市郊跳蚤市場，尋找一只美好年代的古董銀壺，或在東京假日骨董市集，為挑兩張老和布餐墊而微微皺眉。正如現在她臉上的敏感憂鬱。

氣場氛圍

此篇不談吃，而談飲食環境的氣場氛圍，更精確地說，是主人、廚師、服務生的涵養與氣質。例如，有位朋友挑餐廳，美味、名氣、潔淨都在其次，他最在意老闆收錢找錢，是不是用兩隻手。這也變成我評比餐廳時的一點小眉角，仔細去觀察，雙手收錢，雙手找零的飲食店，大概東西都不會太難吃。

住永和時，經常去一家鵝肉攤吃切仔麵、鵝油青菜，店面乾淨、物美價廉、老闆夫妻和善熱絡，看來已齊備所有好店條件。但有次老闆親切送上我的麵之後，轉身，變臉成兇暴父親，對在角落小桌寫功課的國中生兒子動拳動腳，只因兒子考試沒考好。唉，沒法再來了。我低頭對著那碗清香的切仔麵告別。

而我最受不了的，是到了中高檔餐廳，訓練有素、男帥女靚、穿著白襯衫打著領結的服務生過來倒水時，卻要說著：「現在幫您做倒水的動作。」用餐完，「現在幫您做打包的動作」，排隊等位時，「抱歉我們現在仍是客滿的狀態」。佳餚美釀，燈光氣氛，就毀在被電視媒體荼毒的贅語架詞。不使用味精與添加物的餐廳越來越多了，期待有朝一日，也有堅持不使用「的動作」及「的狀態」的餐廳出現。

孤獨美食家

日本漫畫《深夜食堂》及其改編電視劇風靡了整個文化圈，我也喜歡那性格老闆，喜歡每一個深夜推門而入的形形色色顧客。但我更喜歡只出一集的漫畫《孤獨的美食家》。

為什麼一個人吃飯？住在哪？家庭背景如何？完全沒交代。主角每次出場，就是晃著公事包，完成任務，獨自站在街頭，想著：要吃什麼。一個人吃飯若不滑手機，便可與整個餐館空間充分互動，因為沒有同伴可瞎聊。這主角內心戲極豐富，從桌子、菜單看板、鄰座熟客小姐，都能小劇場一番。

我在這冊漫畫裡也長了知識：為什麼日本的便當大多是冷的？因為氣味是由加熱而來，若吃冷便當，就不會在列車或公共空間打擾到別人，而這大叔正因自己在火車上吃著熱燒賣而羞赧哩。此外，他經常有精闢見解。例如日本近年興起的「有機自然食」，這類餐廳的老闆及工作人員身上總不經意散發著「我懂的比你多」的傲慢。（台灣有機商店裡推銷排膽結石或喝油的小姐們不亦然？）

後來改編日劇上映了。戲劇中設定主角為藝品商，因為面交而能悠遊日本各大街小巷。「好餓，要吃什麼？」每集故事就從這內心獨白開始。直接、不囉嗦，而且孤獨。

生魚片與啤酒

在我腦海中，永遠有這樣一幅淳美如小津電影的影像。老爺爺從屋裡出到了院子，點了一根飯後菸，那身形，是有一點悵惘的，但他手撐著腰，強振精神，對著將上車的孫子和孫女，精神抖擻地說了句：「我們家妹啊尚了解我，今晚呷得真爽！」而後一人默默看著車燈離開院子。那是一個中秋夜。

那年中秋沒有烤肉，家裡沒有任何過節氣氛。因為，父親在加護病房，已經第五天。加護病房一日開放三回探病，我們那幾天的作息是這樣，早上探望，擦乾眼淚，回家吃午飯，午後探望，擦乾眼淚，回家吃晚飯，再去探望。那天，探過下午那一輪，去醫院附近的三嬸家休息，返家已近傍晚。哥哥開著車，說起這幾天爺爺精神都好差，我說，那我們來做一件讓他開心一點的事吧！

車子繞過家門，到了「北斗」。那是緊鄰家鄉的小鎮，離家已十年，對市街陌生，僅隱約記得幾家日式氣派建築、家族聚餐去過的餐廳，名曰：福岡、菊屋、富山……每次的宴席桌菜，一定都先上一艘浮誇大龍船，船上盛著碎冰，擺滿生魚片和日式小菜。

我們選了「菊屋」停靠，我下車去。餐廳裡人聲鼎沸，一桌桌團圓歡樂，我訥然尷尬站了一會兒。老闆娘熱絡招呼引導，我順利完成任務。至今我都很感謝她，溫暖世故地對待一個，不明所以紅腫著眼睛、羞怯點菜，且只外帶一份綜合生魚片，一份綜合壽司的年輕女孩。

我們拎著那兩個餐盒和一瓶台灣啤酒進門，我用日文逗著爺爺：是Ki-Ku-Ya（菊屋日語發音）的呦！爺爺一如往常，節制而優雅地吃著。全家人配著中午媽媽準備的祭拜祖先的家常菜，簡單地吃完中秋團圓飯。然後，我們又得出發去醫院了。

就是那時，爺爺走到屋外，依然用最節制優雅的方式，表達了他的喜悅，與感謝。爺爺向來吝於表達，在家族後輩眼中，是個難討好的老人，能讓他說出「我呷得真爽」非常難得，也許，他也在安慰著我們。我不知道車子離去後，他是否抬頭看了月亮，車裡的我們，想必忘了賞月這事。

我記得很清楚，那回探病，昏迷多日的父親突然睜眼，慈愛地看了我

們一眼。我們回家後還開心地告訴爺爺，這麼多天以來，爸爸今晚狀況最好！

然而，隔天早上，妹妹和我要回台北上班，北上列車才過新竹，就接到醫院的電話了。現在常當笑話講給人聽的：我哭到周圍挨擠站著的收假北返乘客，不斷塞衛生紙給我。

那是二〇一五年的農曆八月十六日。再接下來發生的事，我已經寫過了。

那時我二十五歲，對人事還很生澀，許多銳角都未磨圓，我跌撞著，也學習著。那個中秋夜，教會我的一件事，受用至今。那就是，悲傷困頓或低潮的時候，為自己點份生魚片，來杯啤酒吧。

旅

昆明往事

那是一家在背包客圈頗富盛名的青年旅館，主樓比較高級一點，副樓則有男女宿舍床位，簡單但乾淨的雙人間。另有一棟小樓，上面掛著招牌：足浴，保健。

我們理所當然地想，在青年旅館裡附設的按摩院，想必很純。我與當時男友大大方方走了進去，我們想按的部位不一樣：我想按腳、他想按身體。我們被帶開。幫我按的，是一個乾乾淨淨的男師傅，我抓起路邊書報攤買的雜誌，埋首看著，沒特別注意他。技術，普通，不特別好，不特別偷懶。

唯獨中間他去拿熱毛巾回來了，將門掩了。這讓我有點戒心，要他開著。至療程快結束，我發現他摸我小腿的力道有點輕軟，我問：幹嘛！他說：看你皮膚白白嫩嫩。我說謝謝，行了。抽回腳欲穿鞋。

他問：「我們還有別的服務，有需要嗎？」我抬起頭，才發現他身材真好，肌肉結實，輪廓深邃，是讓人舒服的帥，像佘文樂！但我驚覺，原來他指的是性服務！我從沒遇過，也許是小說家獵奇本性使然，也許是他真的太帥，驚奇竟壓過了恐懼，像發現一隻絕種動物一樣，大聲地說：「哇！你就是人家說的鴨子吧！我第一次看到鴨子耶！」

這讓「佘文樂」非常不好意思，端著臉盆走出去了。再回來時，他誠懇而卑微地說：「不然你買張膏藥，我幫你貼貼好不好，十塊錢就好，至少讓我賺一點。」

我答應了，知道這是他們的微薄小費。貼哪？我說腳踝吧。

我們的交易就這樣結束了，三秒鐘，一個撕開膏藥黏貼的動作。

走出按摩院，男友已在那個花木扶疏的中庭等著我，我興匆匆地繞著他，說剛剛的初體驗。他看我的表情有點怪，但我以為是按摩完的恍惚，沒多想。問他身體按得如何，他說不好。

很多年後，我們已經分手，又變成好朋友。有次，他才坦承：「其實在昆明那夜，我騙了你。」

他幫我還原了那一小時的按摩。他被帶進有著按摩床的小房間，按摩妹走進來時，他就發現不對了，因為那不是個穿著運動服或功夫裝的大

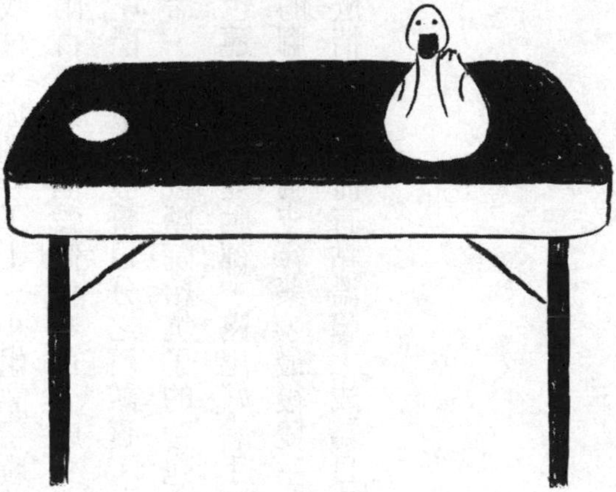

媽，而是裙子短到胯下，穿著網襪的年輕小姐。

他根本沒被按摩，才兩三下，小姐就竭盡挑逗之能事，最後他受不了，說：「你想要我給多少錢？我付，你別弄了！」小姐語帶曖昧地說：「晚上要留給女朋友呀！」要了兩百塊錢，他殺價，一百。成交。

我們已不是情侶，沒什麼好吃醋，彼此發誓百分之百誠實，並嘻皮笑臉地說，我們根本是兩個土得要命、讓情慾按摩院給坑了的背包客。

但我偶爾還會想起，穿著白色運動衫與運動褲，露出好看手臂肌肉線條的「余文樂」，蹲在地上幫我的腳踝貼上狗皮膏藥，最後雙手收過人民幣十塊錢紙鈔的畫面。那並不怎麼情慾，反而有點溫馨，成為日後我回憶起昆明的一個經典畫面。

飛來寺

飛來寺是一座寺廟，也是一個地名。去到飛來寺的，不一定會進寺廟，而多是待在寺旁邊的一排青年旅館。海拔三七五〇公尺，正對著六千多公尺的梅里雪山群峰。交通呢？要嘛包車，要嘛從香格里拉坐四個小時的大巴車到德欽，再與人併車前往。

那天中午，我從一個香格里拉旅遊團脫逃，揹著大背包，胸前掛著小背包，在陽春的合菜餐廳向導遊與司機道別，沒跟任何一個團員打招呼，急急地往客運走去。春節連假，每天開車時間不固定，若沒車，只能認命再到城裡找旅館待一夜。結果，運氣極好，一個小時後就有一班往德欽的車。

不一會，獨行的、三三兩兩的、十多人登山大隊，陸陸續續到候車廳，等待一起被裝進西行的高原巴士。在雲南長途移動，經常要搭這種位置狹小、空氣混濁的巴士，我始終不以為苦，總覺得像是六〇年代的嬉皮巴士。是的，在路上。

在路上，有時只是瞌睡連著瞌睡，伴隨著昏沉沉的高原反應。有時可以交交朋友，這車上每個看起來都像要去登山，進山得一同包車。我一半放空，任機緣去碰撞，一半，則觀察著哪些成員是可以一同併車拼團的。占據後面幾排位置、聒噪談笑、身頂整套全新裝備的白領男女們，自成一團，自然不必碰。座位後方是一對慈眉善目的夫妻，也許跟緊他們是妥當的。中途巴士加水，放封尿尿拉筋時，又和另外幾個男男女女獨行旅者說上話，我立馬變心，加入這更自由隨興的獨身團。

抵達已經天黑。光找住處就可以判定一個人的星座血型職業性格收入生活習性，簡單說：好不好相處。有人堅持要住帶私人衛浴的套房，有人急問有沒wifi吹風機沖水馬桶。經過一輪自然篩選，我們四女兩男，住進一個床位三十塊錢的青年旅館，名字很美，叫：「守望６７４０」。四女，正好一房，兩張上下舖。

Wifi，極強。吹風機，別想，反正也免洗了。廁所是糞坑兩窟。洗臉洗腳，自己用鋁盆打了水，到柴火上燒，裝到塑膠臉盆，端回房間。有電毯，有棉被，夠了。但我仍因為高原反應，幾乎沒睡著。黑暗中看了幾次錶：一點、兩點、三點……感覺到天光微亮了，即起身洗漱，包好毛帽圍巾手套，到露台上等待日出。

昨晚四散的遊客們又聚攏在一起了，專業三腳架排了一排。白色雪山浸在天亮之前的藍色天空中，神秘、安靜、不可知。海拔六七四〇公尺卡瓦博格峰的尖頂冒出一點紅了，接著，陽光如勾金邊似的，在山脊上照出金色稜線，不過幾分鐘，天色大亮，景致回到恆常的白色、綠色、藍色。

我以為，就如太陽每天升起一樣，日照金山，也是天天有的。但有人說來了好多次了，終於見到。有人在飛來寺住了一個月，就是遇不到（然後牽拖因為此批旅客裡有日本人）。

我第一次來就遇到了。我一直把這份好運記在心中，遠遠守望。

放手

我不會放雙手騎腳踏車。讀國中時有天一群男女同學們放學時就玩起這個遊戲，把腳踏車奮力踩到一定速度，雙手一放，人字形或垂放在身體兩邊，耍帥一點的插口袋，更進階的人還可以保持平穩繼續往前踩。我是裡面最遜的一個，腳踏車歪七扭八差點栽進田裡。好心的女同學教我，可以從下坡開始練，會比較穩，我真的試了，從學校出來經過鄉公所之後，有一道車很少的筆直緩坡，我就成功過那麼一兩秒吧。感覺到什麼呢？其實恐懼還是大過自由奔放。

我不知道我們那時為什麼要玩這個，也許只是因為A段班的日子太苦悶無聊，好學生標籤在身，又不能去無照騎摩托車。

但我最近經常覺得自己置身在這個畫面：黑夜，幾無路燈的鄉下道路，沒什麼人，沒什麼車，一邊是稻田，一邊是雞舍，我放手騎著腳踏車，平穩之後，再把眼睛一閉。雖只是一段幾秒鐘的滑坡，黑暗之中，時空被抽走了，只剩下靜寂。

沒得怕，怕也沒用，為了不要產生無謂的害怕與憂慮，把眼睛閉上吧。

例如，劇本寫好了，後面會被拍成怎麼樣呢？放手閉眼騎腳踏車吧。這並不是說什麼都不做，而是坦然放手，沒必要對自己管不到的事情糾結。新書上市了，會不會上排行榜呢？放手閉眼騎腳踏車吧，每一小時點一次即時榜它也不會跑到面膜和0.38中性筆前面。這也不是妄自菲薄，而是該做的事已經做好做滿了，剩下的就看它的命了。

同樣的情況，也會發生在旅行中。航班取消、巴士不開、旅館位置比網頁上標示的還要遠八百公尺。只能處在寧靜的位置，看接下來要怎麼辦？只能看著前面，不回頭，不抱怨。

幾年前去雲南登山，下山時，一群散客在山屋約好到登山口一同包車，其中一人說會聯絡好車子，便各自出發下山。不知道是我腳程太快還是太慢，總之散隊之後，我就沒再見過約好的人。加緊腳步到下一個休息茶屋，沒人。放慢速度邊走邊玩，也沒人來。山中全無訊號，也只能下到登山口再說了。

海拔三千八百公尺，天漸漸暗，白天的熱力全散了，氣溫驟降。穿上防風外套，戴上毛帽，裹上厚圍巾。這兒是山路的盡頭，有一個民宅，民宅裡有台吉普車，大不了付一點錢請這戶人家開車載我下山。

只能看著目的地，其餘雜念皆無，就算新的狀況出現，也不會改變要到達的地方。更晚一點，一台麵包車上山，他說是一個藏族嚮導叫的車，我說沒錯，能不能讓我先上車禦寒呢？

我已冷到頭痛，車上沒有暖氣，但還是溫暖多了，破音的音響放著藏族情歌。天色昏暗之中，山徑出現了人影，是那一夥人。原來，有一人腳扭到了，只好大家陪著她慢慢走。

車子終於往山下前進，我們要到縣城德欽。到那兒之後，要住哪裡吃什麼？自然發生吧。以前我總以為流浪只是在尋尋覓覓，現在才發現，原來流浪是放手最好的練習。

你好廁所

日文課，不知怎地，和老師聊到了廁所話題。聊起上過最可怕的廁所，老師說她的是中國一條溝，雖然一間一間都有隔板，每一間也都有門，但一蹲下來，與隔壁共用一條溝，還是覺得尷尬。她因為害羞，選了最後一間，結果，正好是打掃時間，從第一間集體沖水，唰唰流過這一長溝，匯聚到她腿下的第七間！「七人份全部灌到我這兒來！」老師用日文生動說著，其實我聽力還沒那麼好，但不知道為什麼，講到這種切膚民生話題，全都通了。

「劉桑，你呢？你有過什麼可怕的廁所經驗嗎？」欸，好像真的沒有耶，我覺得就算廁所再可怕，都沒有比憋尿或內急無可排除來得可怕，無門的，也可以呦。老師說：「啊！你是說你好廁所嗎?!」

ニーハオトイレ。你好廁所。日文片假名拼出中文「你好」，後面加上廁所的片假名。原來日本人稱中國無門的公廁為「你好廁所」，意思是人

與人一同如廁還可以閒話家常。老師問我：上你好廁所，大丈夫嗎？我說當然！沒問題啊！蹲下來前面一個大娘後面一個小姑娘，沒關係的！我還上過在路邊的、在山上的，老師很驚嚇。還有，我還洗過「你好淋浴」，在雲南一個床位十五塊錢人民幣的青年旅館，女性淋浴間也是無門的！老師說：那倒是沒關係，就跟在日本洗溫泉一樣吧。

奇怪，脫光光可以，只是一起脫下褲子，卻不行，文化差異真有趣。

我想到諾貝爾文學得主、德國女作家荷塔．穆勒在《呼吸鞦韆》裡，曾寫到被送往勞改場的人們於半途中下車集體上廁所，當然，是在荒地上。那種互聞便味互聽尿聲的經驗，讓她感覺「連內臟都卑微不堪」。

但也許是登山的訓練，我在這方面沒太大的羞恥感。到了森林裡的營地，先攜鏟子到下游處（以免污染水源），找一樹叢後，挖好一深坑，鏟子就插在土堆上，之後使用完的人，要播下土掩蓋好自己的排泄物，衛生紙則燒成灰。待拔營離去時，將坑填滿，壓上石頭，示意後面來到的登山客別亂翻。

我最怕的廁所是什麼樣的呢？比起這種光風霽月、與自然融合的，我更怕都市或文明空間中、沒被妥善打掃與使用的新穎廁所。除了「有門」之外，其餘皆讓人害怕：衛生紙滿到門外、馬桶座滿是鞋印、地板濕黏污穢、洗手檯堵塞。那樣的廁所，會讓人只想快速解決掩鼻逃跑，遇見熟人，連句「你好」都不想說。

我還喜歡一邊解放一邊看山的荒地廁所，它大多在旅途中，無邊無界。但話說回來，中國富了，公廁也逐漸消失了。現在去中國旅遊，坐長途巴士也都有高速公路休息站可上廁所了，當年那種在荒郊野外或滾滾黃沙之中巴士停下加水順便分好男生一邊女生一邊的景況，也不復存在了。

長崎24小時

第四次去九州，終於去了長崎，那是二〇一四年冬天的事。除了一冊薄薄的、裝幀雅致的、就叫《長崎》的翻譯小說，以及遠藤周作的《沉默》之外，我對長崎沒有太多認識與情感，長崎蛋糕呢？欸吃吃台中版的也足夠了。

但偏偏就是喜歡這兩個字，還有日文發音：Nagasaki，還曾經想過如果再養兩隻貓，就要把牠們叫做：Naga和Saki。就是這麼沒有理由地一廂情願，但也因為動機薄弱，始終沒去。一去再去的，反倒是號稱ＯＬ票選最優雅溫泉勝地：由布院。

這一次只有四天，抵達福岡時又已近傍晚，最放鬆的行程是，在福岡最熱鬧的天神區或博多車站前，找家旅館歇下，然後逛夜市去。但時間有限，行程得抓緊，查明各種時刻表後，我決定，一下飛機，就從機場搭長途巴士去長崎。

漆黑、孤獨且寒冷，這是到達長崎車站的第一印象。換了電車，抵達靠近中華街的旅館，在網上預訂時，看中的是它的契作農產品有機早餐。訂的是單人房，旅館給了我一間四人房，看似賺到，實則更顯淒涼。把暖氣開到26度，才讓那兩張白色雙人大床看起來不那麼冷。

睡得奇差，早早下樓吃早餐，各式鄉土料理的確豐盛，火爐上吊著鐵鍋，裡頭是稀飯，餐具全是溫潤的陶器，擺在古董棚架裡，心滿意足的一餐。寄了行李，開始一日晃遊。

先步行穿過中華街，雖然近農曆年，到處張燈結綵，但還是有一種過氣感，特別是賣著廉價大陸手工藝品的攤販，像是北京或上海沒落的觀光區，但也許是太早了，商店未開。

接著不斷上坡，到靠近海邊的山崖上，看大浦天主堂、哥巴拉庭園，沿途冷清，遊人極少，最後仍是步行，到長崎港邊的餐廳酒吧街，旅遊指南上說這兒有漁會食堂，售有實惠的海鮮丼飯，這是一整個早上不搭電車或巴士的目的了，若前方有大餐，就把自己走累走餓吧。然而，來到門口，正好是公休日。

沒什麼好扼腕，走回最熱鬧的商店街，這兒有另一家頗富盛名的炸豬排店，時過下午兩點，心想也許可以吃到最後一輪。拉開木門，嚇到了，等候區仍是滿的，原來全長崎的人都來這裡了，店員抱歉地解釋說已經全數賣完，不再接客了。

我繼續依著自己上網做功課標記出來的「文青散策」地圖走著，有家個性咖啡館應該就在附近，果然，聞到咖啡香了，喝了一杯咖啡歐蕾，胃暖了，也不那麼餓了。回旅館取行李，再搭上悠緩的電車回到車站。長崎之旅結束。

聽起來很無聊？中肯地說，長崎是一個值得長期生活的地方，若是走馬看花、觀光旅遊，或圖吃吃買買，都會失望。我刻意不去在海邊、轉車複雜且班次有限的遠藤周作紀念館，因為留有這個懸念，我才會再去一次長崎。

溫泉旅館

小鎮車站外的街道，四下靜寂，幾無燈火。女人拖著最小的行李箱，出了站，獨自行走，輪子摩擦柏油路的聲音竟讓她感覺不那麼孤單。把印出的地圖又看了一次，方向沒錯，但是，「距車站步行三分鐘」，指的應該是沒帶任何行李的輕裝競走，反正，白底藍字的招牌就在前方了，只要看得到，就一定走得到了。

入住登記時，她拿出摺疊好的戶口名簿影本，原本只需要身分證的，但是她選擇的優惠方案比較特別，需要證明。那是：「女性限定之結婚紀念日一人入住方案」，她檢查再三，上面沒有標明伴侶是否必須存活在世上，也沒有說婚姻關係是不是還維持著，只要是某年的此月此日，是你登記的結婚紀念日就好了。

她搞不懂旅館為什麼要搞這種噱頭，是讓寂寞主婦有個抒壓的出口，當紀念日老公仍然工作應酬酩酊大醉，老婆可以選擇出走，一人小旅行？或是旅館體恤寡婦及離婚婦女，希望她們在這讓人心碎的日子，出來透透氣？

旅館櫃檯的服務人員是個乾淨的男子，三十來歲，穿著西裝制服，檢查過各種證件確認無誤後，接過她的信用卡，一泊二食的總金額，只要原價的一折。真的是一折，原本一萬五千日圓，現在，在刷卡單上，真的只有一千五百日圓，另外加收現金一百五十塊錢的溫泉稅。她簽了名，再次詢問：房間有被單被子，浴室有毛巾牙刷吧？男子微笑要她別擔心，完全都是照原價的規格。

她進房，是和洋室房型，開了門，一邊是四疊半小大的泡茶空間，一邊是兩張單人床。化妝桌上的立牌也很正常，沒什麼提供給獨行女性的特殊服務。噢，別想歪了，她想的是全身呵護去角質按摩，或是粉紅酒暢飲之類。這，竟然讓她感到有點無聊了。

兩個月前，她逛著訂房網站，發現這個「有創意」的優惠方案時，忍不住把連結貼給老公。為什麼只有女性限定呢？這是鼓勵女性自家庭出走吧？「說不定會有猛男秀之類的哦！」老公始終比她更愛嘗鮮，堅持要她去看看，紀念日隔天，再一起慶祝就好了。於是，她獨自搭車來到這個一點都不出名、只有兩三間溫泉旅館的小鎮。

這個女人後來怎麼了？我還在想。逛日本的訂房網站，查看各種別出心裁或光怪陸離的優惠方案，是我的抒壓方式。我自己住過「外牆施工，造成不便非常抱歉」的三折優惠，也訂過「無毛巾牙刷，愛地球，少一千日圓的方案，但這個「女性限定之結婚紀念日一人入住方案」真的是我看過最邪門的企畫。

真的有人去住嗎？曾在日本居住的友人說，要一個日本女性如此厚臉皮拿出證件，是不可能的事，所以只是打出一折吸睛，吸引人進來逛逛網站罷了。雖說常理如此，我還是好奇，萬一真的有人去了呢？

而曾幾何時，我竟能對著訂房方案的一行字，想出一篇小說來了。

女性限定

在日本單人旅行，看到「女性限定」、「女性專用」的設施總讓人安心。商務旅館的女性專用樓層，進出需感應卡，用心一點的還會以粉系與暖系的裝潢色調，來區隔其他樓層，入住時並可獲得一包小禮物：裡面有臉部保養品和洗臉泡綿，更貼心一點的還有舒緩足膜。比一般樓層貴個一千日圓，買的不只是安全，還有一種備受呵護與寵愛的感覺，是的，「女性限定」的釋義就是「對自己好一點」、「多愛自己一點」等女性勵志書上的口號。

但也不一定對自己好一點就要花大錢，背包客青年旅館也有女性專用房，同樣，會比混住房貴個幾百日圓，比較安心、安靜、而且室友們在睡前洗澡的機率也比較高。當然，也有朋友遇過西方女生不洗澡猛噴香水，氣味還是負正得負的悲慘案例。我曾因為省那一百元左右的台幣，住到混宿床位，結果被上舖男士的打呼聲吵到整晚不能眠，往後住青年旅館，必選女性限定。

而無論女性限定樓層也好，專用房間也好，在同一棟建築物裡都還見得到男性顧客，也就是說，店家還是要做男性生意的。因此，在訂房網站上看到這家「女性限定溫泉旅館」時太驚奇了，也就是說不能有異性戀夫妻或情侶來放閃光，也不能有獨行或結伴的男性來擾亂賀爾蒙，唯獨可以入住的男性，是十二歲以下的男童，並且必須與母親同行。

旅館在群山包夾的溪谷中央，打出各種服務皆是「無料放題」，大廳咖啡廳的咖啡、茶和小點心吃到飽，卡拉ＯＫ唱到飽，露天溫泉隨你泡，晚餐與早餐也是自助無限。網頁上的模特兒是兩頰通紅的三兩日本女孩閨蜜，穿著小花浴衣和木屐，露出了無限幸福的表情。

在踏入旅館大門之前，我懷抱的都還是這種安全、私密、獨享、僻靜的美好想像，然而，自動玻璃門一打開，我就知道，上當了，失算了。因為大廳洋溢著此起彼落的尖叫聲以及高分貝的談笑聲。

我誤估了此類族群的大宗，叫作主婦與她們的小小孩。這些還願意跟著母親出門的女孩兒大抵都在十歲以下，並且處在尖叫高峰期的三到六歲為最多數，帶著她們媽媽的閨蜜的三到六歲的男孩兒一起衝撞跑跳。母親們呢？來對自己好一點，這兩天一夜放假吧，讓小孩自己去玩吧，我們儘管大聲聊天喝下午茶吧。

用餐時間，媽媽們卯足跑菜市場和特賣會的實力，團團圍住餐檯，共濟接力。我的位置隔壁是四個年輕女生，就像網頁上的小資女孩一樣，四人都長得甜吱吱，但是，對，我又少估了一件事，那就是：她們是會講話的。我在情緒化拉高拉長的歐依細依與卡哇意依轟炸中，速速吃完爭搶得來的一盤食物。

露天浴場，嘈雜程度當然也像暑假的游泳池了。還好，房間還是安靜私密的。在女性限定旅館，你需要的仍是一間自己的房間。

膠囊

嚴格說來，我沒住過膠囊旅館。有朋友說覺得像監獄或棺材，我似乎沒這麼負面的想像，只覺得如醫院斷層掃描的山洞，或車站投幣式置物櫃。走廊佈置得如太空總署過道，把自己塞進去，把門關起來，密不通風遺世獨立，這種「膠囊」，我沒住過。但背包客青年旅館的上下舖床位，倒是經常住，床沿有一塊布，拉起來，便是獨立空間。

布，是一種有趣的材質。擋住了視線，但擋不住聲音。所幸背包客皆守分自持，儘管夜歸，也是躡手躡腳。已經入睡的人，就算被一點置物櫃開關、放妥行李的聲響擾醒，也一下就安靜無聲。

但是，布可不是銅牆鐵壁，也無法上鎖，有些人會覺得少了點安全感。用心一點的旅館，在邊緣縫上魔鬼氈，使之不致開開合合，不過，外頭的人想拉開，是毫無困難的。我只遇過這麼一個白目鬼，在南法小城的宿舍房，她也許太久沒講中文，看到一個行李箱掛著「ＴＰＥ」（桃園機場）來的室友，忍不住熱情豪邁一下，唰地扯開我的布簾，開心問：你也是從台灣來嗎?!

我驚嚇彈坐起來，翻白眼沒好氣：「怎麼樣嗎？」

之後幾天她都不敢再跟我講話。

是的，若住商務旅館單人房，或各自獨立的膠囊艙，便沒有這問題了。那塊布，就像人與人之間曖昧的尺度，住青年旅館，是一種與陌生人相處自在的訓練：要打招呼嗎？要交朋友嗎？要留下LINE嗎？進退應對，都充滿挑戰樂趣。

與年輕人們沒什麼包袱，隔天要一起去騎腳踏車或登山，去哪個朋友自己玩音樂的地方，都沒問題，旅程結束了，就說掰掰。有時候會遇到看起來像商務人士，或年齡已不「青年」的住客（如我自己也是），我會好奇地問他們：為什麼來住條件相對陽春的背包客旅館？

想省錢，最多數的答案（如我自己也是）。反正只是睡覺而已。想交朋友，想多與年輕人接觸。我不覺得這兒比三星飯店還差啊！也是，現在許多青年旅館的公共空間佈置得如五星級飯店大廳，而衛浴也時時保持明亮乾淨得光可鑑人，差別只是你沒有自己的房間，比起陽春窄仄、衛浴老舊的小單人房，也許還好上許多。

另一個耐人尋味的答案，則是我在雲南旅途中聽到的，一個來自深圳的白領，一身登山行頭皆名牌，他說：「想要舒服的話，那就住在家裡就好了。」

是的，旅行到底是把自己從舒適圈拔出來，還是，去追求更夢幻奢華的短暫舒適呢？大概端看你平常怎麼活。

我只是將之當作練習與模擬。既然我無法過著空無一物的生活，那麼，就久久一次，回到僅僅需要一只單人鋪位的狀態，忘掉家裡的兩房兩廳，短暫地離斷對物品的執著。無一物，無盡藏。因此，在拉上布簾的床位上，我很少覺得壓迫委屈，眼睛一闔，反正只是睡覺而已。

最冷與最熱

二〇一三年一整年去了三次日本，二月的小樽，八月的瀨戶內海，以及十一月的東京。東京去了很多次，日本的杏黃與楓紅也看了很多次，秋天是舒爽宜人的。但雪深的北海道，與豔陽下的跳島旅行，讓我過癮同時也喊苦。

零下十度，與攝氏四十度，選哪個呢？如果只有這兩個選項，我還是會選前者。冷總讓我清醒，而熱卻叫我暈眩。冷，學會喝北國的單一麥芽威士忌，熱，則是什麼冰啤酒下肚都陰陽犯沖。

先說說小樽，這個一般旅遊團只會停留半天的小港口：運河拍拍照、甜點吃了、音樂盒和玻璃瓶買了，收工。我住了兩個禮拜，換了三家旅館，都是走路可達。每天做什麼呢？也不過是到運河散散步、買不同家的甜點吃、逛逛不同的當地創作者做的玻璃與陶瓷藝品。

純粹只是想要去一個走出門就積雪數尺的地方，生活看看。出發前剛

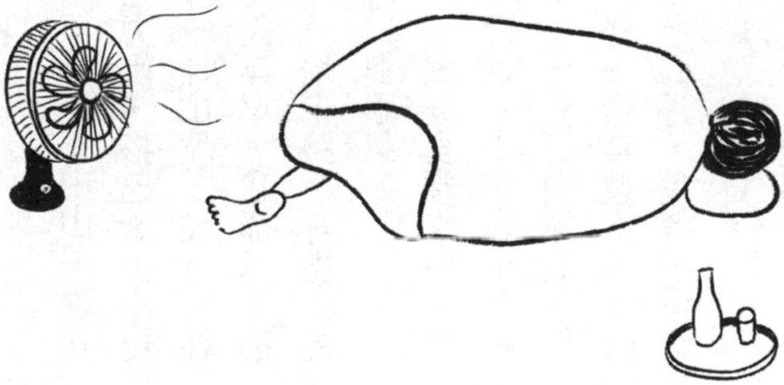

看了電影《一代宗師》，看著白茫茫的上坡路，而行李箱輪子已深陷雪中時，腦裡自動浮現經典台詞：只有眼前路，沒有身後身。

會選擇小樽，最主要原因是岩井俊二的電影《情書》。中山美穗在雪原上奔跑，喊著：「你好嗎？我很好！」喊到聲嘶力竭。搭巴士去小樽二十分鐘車程的朝里川溫泉時，途中真的經過了這樣一片山坡，坡上有棟頂著積雪的尖頂小木屋，我一時興起下了車，四周無人無車，我卻怎樣都不敢喊出來。默默走了一站路，走到下一個站牌。在雪地走路，身體由內而外慢慢熱起來時，不知為何，那種熱度總會直達心口與眼睛。

雖只是短暫停留，但我希望過得更像個在地人，去家庭食堂吃飯、晚上也裝得像個單身男人，去威士忌酒吧，指著各種年份：「十年與十五年的都來一點。」進入暖烘烘的室內後，把毛帽、圍巾、手套、羽絨衣一件一件脫下，細心摺疊收妥，推開門走入雪中前，再一樣一樣穿戴上身，這樣的生活，便有了基本的覺知。但我懷疑如果再多住半個月，我會不會就懶得出門了呢？生活端賴宅配與外送，如台北最冷與最熱的時日。

夏天去了瀨戶內海，也待半個月。半個月內吃了不少烏龍麵，中暑三次，都是頭暈目眩到嘔吐，也嘔出不少烏龍麵。最慘烈的一次是在小豆島，太陽直射頭頂心，穿過抗ＵＶ遮陽帽，我死命撐著，直到上了離開小島的船，半小時的船程全待在廁所。

那熱，是要烤曬出水泡來那種。太陽在天上，也在海上。抵達豐島美術館那天，身體狀況極好，經過惱人的露天曝曬排隊後，躺在那溫潤冰涼的白色水泥地上，聽著蟲鳴鳥叫，風聲徐徐，我真的覺得我融化成一攤水了。明明只是水泥地，卻覺得它像矽膠、海綿、或高級水床。

它讓我想起小樽青年旅館的棉被。職人手打的羽毛被，蓬軟輕盈，包覆十足。是的，在那個炎天，這座雪白美術館就如一床棉被包覆著我，我同時享受著冰涼與溫暖。

摩理食堂

恬適寧靜的小鎮上，小小的屋子裡，一個人靜靜撿著老農夫送來的菜，摘一點窗台的香草，翻一下剛寄到的有機飲食雜誌，蹲下來聞一下差不多可以開封的醃菜，倒一小杯自家釀的梅酒，淺啜一口，嗯，美味。心滿意足地在小黑板上，寫下：今日午餐……

原以為這種畫面，只有在小確幸小清新的日本電影中才存在。但是，三年前的冬天，我在小樽，真的走進了這樣的一家食堂，與女主人成了朋友。店名叫摩理（Mari）食堂，主人名叫摩理子。

去到北海道，美瑛雪原、函館夜景、旭山動物園去了嗎？完全沒去，很隨興又任性地在小樽住了兩週，行前認真比價，為了每晚都以最優惠價格入住，在這小鎮上換了四家旅館。那時正值小樽的雪燈節，算是旺季，最熱門的那幾天我就去住不漲價不客滿的青年旅館床位。

慶典過去後，我搬到鎮上中心的老字號飯店，風格簡單優雅洗練，單人房每晚四千多日圓。小樽臨海，周圍就像現在的台北大同區，但不是刻意仿舊復古那種，而是自然而然地維持原樣。

摩理食堂就在這飯店後方小巷建築物的二樓。一人食堂，內外場都包。食堂一角還賣一點質感極佳的二手衣二手包。我在雪燈節的介紹摺頁看到食堂的資訊，上面只簡單地寫著「天然風家庭料理」。第一次去是晚上，比手畫腳地點了今日晚餐，摩理子幫我送上那豐盛的套餐後，就端著茶過來坐在我對面，像是一個看著妹妹回家吃飯的姊姊，開始話家常。

每一撮看起來像是聊增配色的小菜，都美味極了。摩理子熱心地向我解說每一道菜的做法，我聽不懂的食材名字，她就回吧台廚房裡翻出本尊。那樣一人份的托盤裡，有著：高麗菜燉雞、醃蘿蔔、咖哩豆渣、優格紫薯……飯後我們又聊人生經歷，她拿了紙筆，畫了北海道地圖，在上面標記著，幾歲到幾歲在什麼地方做了什麼。

我偷偷地算了一下，摩理子姊姊應該有四十多歲了，但她保養得宜，穿搭又簡單有品味，就如她用的每件讓人忍不住多摸幾下的陶瓷食器。她翻雜誌上的採訪給我看，開頁的滿版照片，是招牌菜玄米味噌披薩。我說想吃，她說那你明天來，我做給你吃。

第二天中午，我又去了。這次，食堂裡唯一的長桌坐滿了人，看起來皆是熟客，像是附近的上班族。摩理子快速搞定了所有餐點，包括我那一塊披薩。其實不是麵食，而是把玄米飯（即糙米飯）壓成圓餅，再油煎成鍋粑，塗上味噌醬，撒上起司，再放上炒好菇類，裝在一個美麗的大陶盤裡。

我們成為了臉書朋友，偶爾給對方做的菜按個讚。雖然離了好遠好遠，但總覺得我下樓拐個彎就可以到她的食堂，然後，像個妹妹一樣地推開玻璃門，說：我回來了。

享受吧，一個人的……

我始終不明白，為什麼散發著療癒氛圍、極適合一個人靜修的山城古城，最後都成了豔遇勝地。趨之若鶩的波西米亞族人，不是來「修」的，而是來獵的。也許是物以類聚，在這樣的地方比較容易遇到情投意合的人，而所有相遇都是久別重逢，終於遇上了累世緣分，一切也就自然而然。

中國的雲南、印尼的峇里島都是這樣的地方，也是我多次造訪，甚至將之當作「心靈故鄉」的地方。但我沒遇過什麼豔遇，最主要的原因是，來這些地方，就是想要享受獨處。一個人吃飯走路、上咖啡館、上瑜伽課、按摩。偶爾遇到了三兩談得來、乾淨舒服的遊客，一起爬山或划船，晚上一起去酒吧喝杯啤酒，也就夠了。微醺之際，還掏得到房間鑰匙，還能一個人走回旅館，最是剛好。就算留下了聯絡方式，交換了facebook，旅程結束後，便是維持著久久按一個讚的交情。

若是遇到了看起來存心來交朋友的人，便會好像看到直銷推銷員，趕緊說句：「我的家人在等我。」掩飾自己是一個人的事實，倉皇逃跑。

但也曾經有那麼一刻，我感到羨慕。

那是在峇里島的山城烏布，我跟民宿小弟借了腳踏車，在稻田小徑中穿行，享受著藍天白雲微風，自在遼闊。遠遠地，我看到一對並肩徐行的男女，女生留著浪漫大捲髮，穿著披披掛掛的棉麻衣，男生個頭不高，甚至比女生矮一點，但身材健美結實，穿著格子襯衫和牛仔褲。他們悠靜地走著，或蹲下摸摸野花，或指指遠方的雲，兩人之間不慍不火，我放慢腳踏車速度，遠遠欣賞。能有這樣一個一起散步的人，也就可以一直走下去了吧。

隨著距離稍稍拉近，我才看到，他們的手，好有戲。

男生一直試圖要牽起女生的手，但女生總是輕巧地躲開，把被套住的手指撐開，抽回，背在腰後，男生順勢摟了腰，她再抓著男生的手離開腰際，把手還給男生，自己雙手插口袋，男生的手進了她口袋搔癢，她笑著跑開，也因此嬌羞脫逃。

這像一場舞劇。我幾乎可以猜測出他們的前一晚：酒吧或派對相遇，兩情相悅共度一宵，和悅地吃過早餐之後，出來散步，但接下來，要怎麼辦呢？男生想要確立關係，女生則no, no, no，我是一個人。

想著想著，我的腳踏車經過了他們，看見了他們的正面，是一個西方女子，與一個峇里島男子。不知為何，直覺告訴我，他們之間是買賣關係，大概是女生臉上流露出的「夫人」之感。她像帶著一個管家，或一個書僮，而不是一個豔遇天菜。我想到街邊摩托車排成一排的伴遊小弟，在獨行女子走過時，叫嚷著：「你需要伴嗎？」這位男子可能來自其中之一。

你需要伴嗎？這是所有獨行旅者都思考過的問題。但既然一人上路，答案也就昭然若揭了。

旅途中的書

友人遲到了，他匆匆忙忙趕到麻辣鍋吃到飽餐廳門口，說：剛剛二手書店來家裡收書，所以耽擱了。我們一邊走進餐廳，一邊聊著：哦，賣掉哪些書呢？他數著，數到《馮內果全集》時，我大叫：「賣我！」我們立馬掉頭，上了他的摩托車，到二手書店攔截。

書店動作很快，他的書已全上了書車，他厚臉皮地過去交涉，對不起我後悔了，這套能不能買回來？店員倒很乾脆，就跟剛剛收書價格一樣，一本二十元，全套十多冊，三百多元，分裝兩紙袋，很重，但很便宜，比我們將要去吃的麻辣鍋還便宜許多。

這是八年前的事了，這套書又跟著我搬了幾次家，但如同許多全集一樣，永遠沒看完過，能道出一二梗概的，總是那一兩本。這是攔截成功的書，還有許多書，一時不慎賣掉了，再也找不回來。例如：藤原新也。

那是十年前，我第一次去日本的時候，投宿日本友人清水桑在姬路開的二手書店。他在書店樓上的倉庫擺了一張沙發床，給我兩張附近錢湯的入浴券，書店關門後，我就自己住在書店裡。那時還沒有打工換宿這名詞，那三天兩夜，我極自然地在書店裡幫忙，端端咖啡收收盤子什麼的，看到喜歡的書，就自己在角落疊成一疊，準備「check out」時再結帳。

書店有個清水桑自己釘的小吧台，熟客會圍在吧台邊聊天，喝一點自家釀梅酒，即是當地居民，也都有一點波西米亞範兒，一位公務員大叔對我說：「你喜歡旅行，應該讀讀藤原新也！」我的日文不行哪！「沒關係，書裡有很多照片，看照片也行！」清水桑果然搬出好多本，從大開本的MOOK到文庫本。大多是遊記與攝影集，我翻著，感受到生命本質某種相通的東西，儘管內文沒看懂多少，但我喜歡裡面的孤獨與放浪，那不僅只是異國情調而已。好，我全包了！

最後結帳時，清水桑根本半買半相送，幾乎是他去神戶回收場收書的價格。那是我旅行的第一站，箱子裡已裝滿書，很重，但很便宜。

後來到了東京逛神保町，我又尋寶尋到好幾本藤原新也的作品。回來後，研究所中輟，幾年過去，日文程度只退不進，好些書只是擺著好看。某次搬家時請二手書店來收書，我竟然就鬼遮眼地，把當初辛苦拖回來的日文書全賣了！當初的想法很愚蠢：反正買的時候都好便宜，而且這麼多年沒看，應該也不會看了吧。淘汰過後，只留一本輕薄的文庫本做紀念。

直到今年，台灣突開始中譯引進這位性格大叔的作品，我才想念起那些被我魯莽捨棄的書，想念起它們是如何出現在我的旅途上。當然，語言是隔閡的，還是今年讀了中譯本，才讀進骨肉精髓裡，若留著日文版，也只是收藏與紀念罷了。希望它們已結束漂流，與新主人相遇。

穿越

在台中最快樂的事情是什麼？

晴爽天氣、職人專注沖煮的咖啡、獨棟帶院子桌距寬敞的餐廳、巷子裡的手作小店、百貨商場前的週末農夫市集、位置舒適的沙發電影院……不，不如用刪去法來回答好了：在台中，只要不需上台北的日子都很快樂。

日前上台北，與藝文圈長輩聚餐，我像台中市政府派來宣揚市威拓展外交的，一坐下來就滔滔不絕報告台中生活之美好。這位大哥雖為我返鄉生活如意順心感到欣喜，倒也務實地嘆了一句：「但在台中，沒工作做啊。」

啊，是啊，一語點醒！那些不足為外人道、自己也不太想道的中北通勤生活是這樣的。有時一週兩回，有時兩週一回，有時精明一點先買好早鳥票，接著便算好時間，高鐵發車前四十分鐘從家裡開車出發，彎彎曲曲的巷仔內小路（計程車司機傳授），接上外環快速道路，下高鐵交流道，接著，好玩的來了，在高鐵外的大片收費停車場找車位。有時滿車，只得停到遠得像在田中央的位置，停車場阿伯再開高爾夫球車來接駁至路口。速速奔跑過閘門上月台，上車坐定，49分鐘的太平時光。

返程，大多已近午夜（有時已在台北借宿過一兩夜）。台中前陣子又常發神經地夜雨，提著行李、撐著雨傘、抱著台北會議後的很重的文件袋，躲在小小的自動繳費機遮雨棚下，掏卡投錢，繳費機經常秀逗，百元紙鈔吃進去又吐出來，身體電力一格一格下降。還沒完，繳費成功了，車子在五百公尺外黑壓壓的露天泥土碎石空地外，沿途坑坑疤疤，水窪一堆，怎麼辦？沒怎麼辦，一步一步走過去吧，鞋子濕了也無所謂，上了可遮風擋雨的車子，20分鐘後，就是家了。

返鄉半年，扣除寄回報帳與洗衣機洗碎的，橘色高鐵票仍然累積出一副撲克牌。需要上台北的日子就好哀怨，雖然有可愛的朋友、有溫暖熟悉的咖啡館、有充滿未知數而深具挑戰的工作、有，嗯，有錢賺（儘管入帳日亦在不可知的未來）。

某次，從內湖開完會，從松山車站搭台鐵換車至台北車站。在台北車站的台鐵月台上，看到老太太推著坐輪椅的老先生，看到閒散晃蕩的高中生，行囊沉重坐在階梯上的出外人，軌道旁的燈箱看板是一列老火車，文案與字體仍是上世紀樣式，耳邊的廣播聲也沒那麼咬字講究……這與一牆相隔的高鐵月台，是兩個次元。

我穿越了，僅是在一座車站。

再到如溜冰場的寬廣大廳，一群一群人席地而坐，或自由適切，或茫然無依。我們都是自願或非自願移動著的出外人。

我決定以後每一次在雙城之間快速來回穿越切換時，都要多挪一點時間，在這包覆多重時空的車站裡逗留與觀察。也許它會像吐氣吐到最深最底，吸入下一口氣之前的那個從容微妙的止息，也許，學會不急著奔赴到下一個地方時，我就會更懂得怎麼活。

善意

台灣最美的風景是人。

不知何時開始，這句話像流行廣告語一樣，到哪都看得到聽得到。雖然，在山上搭過好心貨車大叔駕駛的便車，也曾在蘭嶼和老人家聊天結果就帶回一大袋飛魚乾，這些人情皆美。但是，我曾在南湖大山北稜茫茫無垠的雪坡上踢出雪階，見過明池山區宛如龍貓森林的倒木、藤蔓與綠苔，看過澎湖被玄武岩立柱包圍的藍洞、綠島的螢火蟲。對我而言，台灣最美的風景，仍是風景。

直到那日，我才知道，台灣人習以為常的善意，有多巨大。

公車上來了兩個來自由行的韓國女孩，很有規矩，上車後就往裡面走，走到了座位後排，我身邊有個空位，與我隔著走道的太太身邊，也有另一個空位，我不假思索，移動了屁股，坐到那位太太旁邊。於是，兩個韓妞就可以坐在一起了。

這個自然不過的舉動，讓她們先是瞪大眼睛，入座後又不斷用英文和中文道謝再道謝。好像我剛剛是衝入火場救出她們一樣。我起初不明白她們的受寵若驚，後來才想到，的確，當我與家人朋友在東京、首爾、巴黎、倫敦、北京等首都旅行的時候，從未被這樣「款待」。自己找空位，有位子就坐吧，管你哪來的。這是這些大城市的法則。

台灣人這種自然的溫厚良善，真的是一種「天然呆」。但是，如果太倚賴習以為常的善意，也許會更受傷。

同樣是發生在公車上的小事。下車刷卡時，感應器上無情地顯示出餘額不足，「啊！對不起！我忘了加值！」我一邊喊著，一邊退到旁邊翻找零錢，讓後面的人先下車。我撈了又撈，動作跳針，就是找不到錢包。我以為，照過去的「劇本」走，這時司機應該要笑笑說：「沒關係啦，下車吧。」但是，沒有，他面無表情地等著我，準備與這十五塊錢耗上。

該下車的人都下了，該上車的人也上了，他就是不開，繼續等著我。好不容易找到錢包，裡頭除了鈔票，只有一枚五十元硬幣，我怯怯拿著那金黃色硬幣，看著司機：「不好意思我只有五十塊。」

照過去的劇本走，這時應該要有個好心阿姨或阿公，走過來說：

「我幫你刷啦！」但是，沒有！一車的白領與學生只顧滑手機，博愛座上的銀髮族也只顧打瞌睡。司機沒好氣，說：「那你就投啊！」

好。我就投了。那沉重的哐啷聲，無比難堪。但唯有如此，我才能從這不帶善意的夢魘空間脫逃。

不過是損失三十五塊錢而已。憤憤踩著每一步路，我安慰著自己。誰教你自己迷糊不去加值呢。不經一事不長一智。頭腦裡的「善意」機制不斷修補。司機正好那個來啦！不要理他！臉書討拍文底下回應串的句型也浮出來幫忙。

不講情理的司機並沒有錯，乘客也沒義務日行一善。張愛玲說過：「愛的反面不是恨，是漠然。」同樣地，善的反面不是惡，是漠然。

極限

最近我常思考，什麼是極限？什麼是忍耐的極限？

我沒有小孩，大概這輩子也不打算有（拳頭在桌上敲三下），因此我很害怕我對小孩的忍受極限是不是太弱，也因此，每遇需忍受的狀況，總是要自己多忍受一點，免得一句話就被打掛：沒當過父母的人，不懂得將心比心。

例如，國內線窄小的客機上，後方的三歲小女孩，不停踢著我的椅背，並且不斷把摺疊桌懸鈕鬆開，讓桌子彈落成平面，再用力將桌面打回我的後腦勺，如此重複了三分鐘。我想，應該到了任何一個有沒有當父母的人的極限了吧，應該，或許也超過了一個修行人的極限了吧。

於是，我轉過頭，露出微笑、盡量和顏悅色，對著小女孩身邊的年輕媽媽說：「不好意思，可以請小朋友不要一直玩桌子嗎？」

媽媽冷冷回神，用不可理解的疑惑眼神看著我：「會怎麼樣嗎？」

嘎？好問題。會怎麼樣嗎？你會少一塊肉嗎？不會。股票會跌嗎？不會。海水會倒灌嗎？不會。我真被問傻了，支支吾吾，嘴唇顫抖，說：「會……會……會……會不舒服！」

說完自己轉過頭都偷笑。甚至反省起自己，舒服不舒服，有那麼重要嗎？

也許，世界上存在著許多這類極限測試員，他們以不同化身，考驗著你。例如，十多年前，我大學時在一家餐館打工，餐館位置在金融要衝，常有漂漂亮亮的粉領新貴結伴成群而來，午餐時間隨興外出，大波浪捲髮散在白襯衫上，外掛一條極有質感的喀什米爾駝色披肩，曾有一度，那是二十歲未滿的我，想要成為的「長大」的樣子。

而這類漂亮姊姊有個共通點，愛吃辣。老闆娘也教導著我，服務要周全。因此，對於提出「能給我一點辣椒嗎」的客人，就要問：我們有辣油、辣椒醬，或是您想要生辣椒上面淋一點醬油？

那天，一位甩著長髮，和姊妹淘說著投資理財客戶八卦的姊姊，也提出了這要求，我也照問了，結果，她的回答讓我此生難忘。

她說：「最好是這樣。」

太酷了吧。我像個老實的丫鬟，一次遞上三個小碟子，分別裝著：辣椒醬、辣油和生辣椒醬油，一點都不覺在服務冷傲奧客。所以，對付我這種時常覺得自己已達極限的人，只要給我一個酷回答與酷指令，我可能就可以再把自己調鬆兩格。

後來，學了瑜伽之後，發現極限就像吐氣吐到底的自然止息，一切在那兒化為無形，呼吸就如將橄欖油從一個瓶子倒進另一個瓶子，下一個柔軟平滑的吸氣，又能讓一切重新開始。因此，極限似乎是不存在的。當我們說遇到惱人狀況時要深呼吸，其實就是在想辦法弭除極限，讓一切無限後退，而後會發現人生不需要氣急敗壞也不用翻白眼。

真的嗎？你真的做得這麼好了嗎？欸，最好是這樣。

按摩

我喜歡按摩，因為我總是可以在那一小時到兩小時之內思考時間的意義。至福享受等級的按摩，可以讓你遁入時間消失的所在，而沒力或蠻力或一直找不到點的，不叫按摩，而叫折磨，你只希望跟按摩師說：咱倆別再浪費彼此的時間。然而，介於這兩者之中的，不好不壞，不痛不癢，恐怕是最常見的，圖個消磨時間罷。

而這三種，都與環境、價格、療程無關，僅僅是人。那是極親密的接觸，他的手掌、手肘、甚至腳趾，挑動著你的神經，按壓著你的穴道，順著精油滑過你整片肌肉。因此，好的壞的，外在的內在的，一次吸收。按摩師最常說的話是：「放鬆！」，但最讓人無法放鬆的，大概都是按捺不住「我很有力」的表現慾的按摩師，你感受不到什麼經由深層按摩後的釋放，只感覺到痛。

那種在按摩床底下放個薰香陶碟的，在開始之前先引導深呼吸的，或是先敲個砵調和一下磁場的，都有幫助放鬆，但是不是虛晃一招，仍是看人。當然，客觀環境的音樂很重要，流水蟲鳴或水晶音樂是基本款，我遇過循環播放周杰倫精選輯的，聽到「別再這樣打我媽媽」，正好按摩師卯足勁敲著背，真有種花錢來被打的感覺。

因為太愛按摩，我也去學了一期按摩，心得是，還是被按就好。但那是由高檔昂貴的ＳＰＡ品牌開的課，自然不會太離譜。第一堂課，講師教的是讓客人感覺到「安全」，包括客人躺下或翻面時，如何以大浴巾擋在彼此之間，如何以毛巾包裹頭髮，如何在每個部位結束時，讓他有心理準備：我要離開了。講師比喻，潦草粗魯結束的按摩師，就像用簡訊分手的情人，會讓之前的美好回憶一筆勾銷。

每一堂課只學一個基本手法，回家之後還要練習。獨居者如我，就自己按自己。下一次上課會先圍坐成圓，分享練習心得。我記得很深的，一個靦腆的女孩羞怯地說：「我自己一個人住，所以我幫小狗按。」我當下好震驚，覺得好孤單好孤單。

除了「按摩」，還有聽起來更專業的「身體工作」。我曾在峇里島體驗過一次，那是誤打誤撞，因為印尼盧布標價後面太多零，以至於我少看一個零，貪小便宜進去約好時間要付錢時，才知道是八十萬盧布，不是我以為的八萬盧布！相當於一小時八十元美金！

然而，那次按摩是此生做過最美妙的。按摩師是來自美國的大男孩，沉靜溫柔而內斂，做完基本的手法之後，他把兩手掌放在我兩耳邊，完全沒碰到我，但我感覺到不斷下沉、放鬆、消融。我珍惜著那時間被抽空的感覺，心裡有個聲音在說：我可以不要再回地球了嗎？

療程結束，按摩師說：你要在你的日常生活中，繼續保持這種感覺。它維持了大概兩天吧，我又重重地感覺到了地心引力。

台中京都

台中與京都，都是北高南低的盆地，這是身體教會我的。我在這兩個城市主要交通工具都是腳踏車，往南騎，輕鬆適意有如神助，往北騎，踩幾下就可喚醒大腿肌群，踩一個街區就想檢查一下輪胎是不是漏風，怎麼踩都踩不動。

而我與這兩個城市的機緣是這樣。二〇一五年九月搬回台中，家具皆未定位，箱子未拆封，就丟著一屋工地，打包好一皮箱的行李，飛去京都，住了七天六夜。等於還沒開始台中生活，就開始了京都在地生活。

那是第五次去京都了，河原町、清水寺、金閣寺、嵐山，甚至大原、鞍馬、貴船這些風景名勝都去過了；大正昭和老咖啡館、一乘寺惠文社書店、知恩寺手作市集這些文青必訪地點也都朝聖過了，因此，我安安分分地，七天足不出西陣。

在西陣跟京都在地人一起生活?!羨煞多少京都控了！不是這樣的，那是，早上六點鐘起床冥想靜坐，六點半打掃廁所庭院，七點一起吃早餐。接著，去不同地點的教室上課，參加瑜伽的聚會與活動，有時晚上的課程結束，約了前輩們繼續請教切磋，至深夜十二點、一點，我總是碰到床墊就不醒人事。連「今天這麼晚了，明天早上要靜坐嗎？」都不去想不去問，清晨五點五十分，室友的鬧鐘響了，自然該發生的都要發生。

當然，也有小確幸。上完課後，趁陽光大好，與台灣夥伴到鴨川三角洲跳石頭，坐在溪畔聊天。或是難得沒有行程的夜晚，騎著腳踏車，穿過靜謐涼爽的京都九月夜色，到鞍馬口的船崗澡堂泡溫泉。

也許是這麼精實的修行生活打好底，我從京都回到台中後，一人迅速組好了四公尺寬的書牆，把近百箱書拆箱上架；打點好大型家具送貨組裝，把所有紙箱裁好壓平回收……整個過程，彷彿把自己大卸八塊又重組。

然後，台中生活開始了，而我其實好像對京都比對台中熟。當我騎著從彰化老家運來的舊淑女車，穿梭台中西區小巷，沿著麻園頭溪與梅川，經過溪畔的日式居酒屋與家庭料理食堂，在傳統市場輕易買到日本陶瓷食器，在黃昏市場買到價格實惠的日本圓茄與京都水菜……再加上往南騎順風往北騎逆風一模一樣，我不禁想，台中與京都是平行宇宙嗎？

看了文獻資料才知道，在日治時代，台中還真的被規畫成「小京都」，城中區是棋盤格街道，外圍則沿川而築，正是京都的城市格局。梅川、柳川、綠川，對應鴨川、桂川、高野川。有些美麗的公共建築已不復存在，有些空間近來被活化再生，這些殘存的註腳，分散在高高低低的大樓群之中，全景觀看，只能說凌亂混搭，但單一座宅院看，還有一點味道，如電影中說的「偷著拍」。

在京都足不出西陣，回到台中亦幾乎足不出西區。歷史上的雙城對照，竟也在我的生活中交會了。

蠻荒

姑姑問我，記不記得有年在上海，我陪她去青浦找一個朋友。我當然記得那條通往邊境工廠的公路，以及那一塊無以名狀的，蠻荒之地。

姑姑那朋友是表弟台商子弟學校同學的媽媽，高個兒，嗓門大，是個愛照顧人的大姊，她要姑姑去找她，因為工廠即將搬遷到青浦新址，她從台灣請了個「老師」來看風水，機會難得，要姑姑也去讓老師「看」一下。

講白了，是婆婆媽媽算命團嗎？好比在台灣有時家族女性長輩聽到彰化二水或南投名間有個厲害的老師，就組團開了車沿途問路，找到那破破小小的宮廟問事桌。不，也不完全是這樣，姑姑也許帶點敦親睦鄰（雖然這鄰，在上海兩三小時車程外）或出門在外一家親的善意，決定去探探這位吳媽媽。

那我怎麼也跟去了呢？那是我準備上研究所的暑假，很想多看外面的世界，但尚無經濟能力，盤纏有限，母親贊助了機票，讓我去上海找姑姑，她已跟隨台商姑丈移居上海多年。姑姑家住普陀區的杏山路，華東師大附近，不很市中心，但搭個公車就可以到靜安寺、淮海路。

我每天吃過姑姑準備的台式蛋餅或上海生煎，配一杯她用虹吸壺煮的咖啡，就出門去晃蕩，炎炎夏日，也不覺曬，每天走很多路，張愛玲的常德公寓、虹口體育場旁的魯迅紀念館、陝西南路站的季風書園，都去了不只一次。

接著，有天，姑姑問我：要不要去青浦？

「那裡有什麼？」

「什麼都沒有。」姑姑答。

那時還很年輕，很願意到處走看，儘管要去荒涼的廠區。我還記得，姑姑帶著我搭公車到靜安寺，走過華山路的陸橋，到一個長程巴士停靠亭，坐上巴士，出了上海市區後，就是灰撲撲的農村景觀。

到了青浦，吳媽媽來接我們，她踩著細緻的高跟鞋，穿著套裝，手上拿著滾著邊的手帕，不停拭汗。在那臨時搭建的工寮，她招呼著我們，指揮著裝修工人，又客氣請教著老師。我想像著，有多少台商太太，都是這樣單槍匹馬，來到什麼都沒有的地方，如當年美國在沙漠開發賭城一般，從一磚一瓦開始？她們必須有多麼強韌的意志，才能離鄉背井，另建美好家園？男主人呢？也許又到另一個更偏遠的省份開發去了。

我們在傍晚離開，車子開過其他廠區時，正好看到大排長龍的民工，手持鋼杯準備盛飯。我是開了眼，但心裡卻很確定，這輩子大概不會再去第二次。

姑姑微信告訴我，吳媽媽前陣子生病過世了。我好奇上網搜尋了一下當年那片蠻荒之區，果不其然，已經是個高樓林立、綠樹夾道、歡迎炒房的嶄新城市。我還是想起了那個用塊廢棄門板意思意思擋一下的臨時糞坑，想起吳媽媽喀達喀達、如主人一樣充滿朝氣的美麗高跟鞋。當初我不懂，在這麼貧瘠破落的地方，豈不是糟蹋了那昂貴的鞋嗎？現在我明白了，在陌生的土地上，唯有這樣，才能昂首闊步，一步一步地，往前踏出去。

落土時

春暖時在陽台與室內添了幾盆植物，選購標準僅有一項：好活的。近日比較用心照料它們，心得是：會長的就會長，會死的就會死。

少女的髮絲般纖細蓬鬆的鐵線蕨，兩盆買來時一模一樣大，每天日照與澆水條件一模一樣，然，一盆一暝大一寸，另一盆則一夜之間葉子枯一半，挑去枯葉，便比它原本的雙胞胎兄弟縮水了一半。更神的是，再長出來的新葉，仍兩天就枯。它壯碩的哥哥則自在得像活在蕨類森林，不斷往外擴展。

另外兩株綴葉福祿桐，來時皆蒼勁有型，被鐵線雕過的樹枝，使得這兩株桌上小盆栽，像高山裡的參天大松的迷你版。我照園藝店老闆娘指示，等土乾了再澆水，澆到土變成深色即可。然而，一株開始掉葉，像是禿頭沒有回頭路，掉到剩小小的一撮嫩葉，原以為至少留有薪火，隔一日，這一撮也垂了頭。另一株放在櫥櫃上方，經常忘記澆水，卻日日長青，像一個隨時保持完美精壯體態的高齡男星，好幾次我都忍不住摘一片葉子下來揉揉看，確定不是買到塑膠花。

我就像是一個母親，把一個兒子養得白胖討喜，另一個則面黃肌瘦，忍不住要叫屈：這真不是偏心哪，會大的就會大。真的，精於紫微八字的外公生前常曰：「落土時攏注定好了。」意指哇哇落地那一瞬的年月日時辰，已經注定了這孩子的命運。我只是不知道，也適用在植物身上。

想起國三時，我讀的A段班（口語稱「好班」）為了希望導師家長能合作無間，全力支持考生倒數衝刺，在學校的會議室，辦了家長說明會。達成的協議包括：在這非常時期，不容考生有任何生命安全疑慮，因此，不要再讓孩子自行騎腳踏車上下學，改由家長接送。另一項，則是家長必須輪流到校陪同晚自習。

我當時每次考試皆名列前茅，但不知是青春期叛逆或生長激素擾亂什麼的，我的作息與人不同。放學回家先睡覺，睡到十一、二點，家人都要睡了，才起床，自己泡一杯濃茶，開始讀書，讀到三、四點，再補一下眠。

因此，參加晚自習對已經建立好生理時鐘的我來說，是不可能的。不參加，可以，家長必須再次到校說明，經由導師評估同意，然後簽切結書。母親這麼做了。回家後我問媽媽老師說了什麼？「老師說：會讀的就會讀。」母親用台語回答。

意思是，我是會讀的嗎？在老師面前，我是性格開朗、樂觀進取的好學生，但有點散仙。我問導師：我是會讀的嗎？導師沒回答，只說：妳這次模擬考要考六百分。我說好。

省聯（台灣省高中聯考）時代，滿分七百分，六百分是一大門檻，我沒一次跨過。但那次，我考了六百分整整，不多不少。下一次的家長會，母親又帶回新的導師評語：「拎老師說你答應她的，都會做到。」

也許我要開始對我的植物說，你要長大。無論落土時如何，也許，帶著約定而前進，會讓生命比較有希望。

果實

走過住家附近的小學圍牆外人行道，發現自然散落的大花紫薇果實。一顆一顆，像脫了隊的荔枝。我先撿了幾顆，沿著圍牆的行道樹走，又撿到了一整枝Y字形的樹枝連果實。爆開的果實如木質的花朵，回家插在空玻璃瓶裡，就是免錢的最好的裝飾。

我小心翼翼地把這些意外收穫放入購物袋中，接著去市場，排隊買人氣現做壽司時怕折了樹枝，把菜啊蛋啊放進袋裡時還要小心怕讓果實脫落，總之帶著這幾根樹枝就像帶著名貴的捲軸。是啊，若果實掉光了，兩根樹枝就毫無看頭了。

二十出頭時，因為愛爬山，跟著登山社的學姊認植物，撿果實，成了興趣。從玉山撿回來的松果，屏東車站附近的掌葉蘋婆和穗花棋盤腳，還有許多松果是在清華大學校園撿的，從人社院下到校門口的路上，會經過一片松林，我常邊走邊玩，邊把果實撿進書包。這些果實都結實飽滿，個頭圓碩，不怕壓不怕折，我就這樣帶著它們十多年。每次搬家，先用塑膠泡棉裹一層，再放進紙袋，最後裝進紙箱。

有時候看到親子教室的果實創作活動，把樹枝果實組成小動物或飛機汽車什麼的，用白膠黏上眼睛尾巴，是可愛啦，但就覺得過度加工了。過年時業者將松果塗上金漆，綁上紅絲帶，與打著中國結的假爆竹同掛在發財樹或萬年青上，是喜氣啦，但也俗氣了。其實，讓它是原本的樣子，就非常好了。

不過，我想起美術系學姊的巧思。

大學時有天到登山社辦，一個學長提著一麻布袋進來了，裡面裝了滿滿的松果。社辦裡只有我一個人，看傻了，學長說是在他老家的山坡撿的，隨便撿都一大袋。「不要跟我女朋友說哦！」學長半開玩笑半正經地提醒我，我不解。學長說，因為這是幫另一個學姊撿的，她想要用來做美術系展的裝飾，怕女朋友會吃醋。

登山社裡，大家的感情都很好，男生對女生好，學長當司機用，學弟當氂牛用，幫忙搬家修電腦，都是天經地義。但撿松果這種細心又浪漫的活兒，好像就有點越線了，但是如果學長家滿山遍野都是，也不過是舉手之勞嘛！這比把電腦主機搬去重灌還輕鬆吧。

「有什麼不好說的呢？又不是你帶學姊去撿！是你自己去的啊！」是啊，若背著女友帶另一女生去樹林裡撿果實純聊天，就比較怪。學長想了一下，說：「反正你就不要說就對了！」

那次系展我去看了，來到學姊的作品前，一片松果門簾若隱若現。原來，學姊把一顆一顆松果鑿出小洞，再用細麻繩串起來，相當費工，我想像，那位學長若看到他撿來的松果被這樣對待，應該也會很感動吧。而我，還真的守口如瓶。

畢業後，大家疏於聯繫，知道學長跟當時女友分手，跟另一位女孩在一起，幾年後，又分手了。分手原因都一樣：他習慣對普通女生朋友太好。

那些松果後來去了哪呢？有時我還會想。

漏水

我想這世界上，一定有不少的水，非得用「漏水」形式來表達不可，因此，不是漏你家，就是漏我家。這次幸運一點，漏的不是我家，而是我家正樓下，所以，又找上我家來了。

在都市裡，除了電梯裡偶爾遇到只好尷尬點頭的交會，或是隔著鐵門繳大樓清潔管理費之外，還會和鄰居多交談兩句，甚至侵門踏戶，也就只有這種時候了。樓下先生客氣地來按我的門鈴，然後詢問能不能到他家去看一下，我因此踏進了那個與我家同樣座向與大小的家。那是個標準家庭：一夫一妻，和兩個模範生模樣的中學生兒子，家裡打掃得一塵不染，每張餐椅上都綁上了拼布坐墊。

漏水處在浴室，先生打開了天花板，太太拿著手電筒協助照明，我看到了那一小圈水漬，那可能比我每次洗完手順便在圍裙上抹兩下留下的濕痕還不明顯，但這一家四口很焦急，有禮貌但嚴明地，要求我趕快處理，並希望也讓他們上來我家查看。

哦，好吧。他們看見了我那與他們相同大小的家，僅一個人住。他們家的小孩房、客廳與飯廳，我全打通成一大間，就是書房兼客廳兼飯廳，一張被貓抓花的布沙發上鋪著民俗風花布，兩面書牆，空氣聞起來癢癢，因為有貓毛，木地板踩起來沙沙，因為有貓砂。太太掃過一眼，顯然是被驚呆了，只能留下三個字的評論：「藝術家」。

在他們上來之前，我已依囑三天不把浴室地板弄濕（全在瑜伽教室洗完澡才回家），先生左查右查，還是看不出哪兒漏水，便又下令：可能是廚房！請你流理台也先別用，看看他們家天花板的水漬能否消失。我心想，你們每天打開浴室天花板查看那一小塊深色水泥還真勤勞了。

我把不鏽鋼水槽擦乾，不讓一滴水流進排水管，想起我自己的漏水史。租屋永和時，有一個冬天從雲南自助旅行歸來，一打開鑲嵌式的木衣櫥，唰唰！兩道水柱傾瀉而下，那才真的叫驚呆。原來是，頂樓的水流進了天花板，在壁紙裡已經蓄水多日，隨著我開衣櫥門的重力，濕糊糊的壁紙終於被撐破，好似夜市撈魚的紙網。

怎麼辦？把衣服全清出來，連日沒太陽，也只能掛在客廳陰乾。房東叫都叫不來，衣櫥只能棄守了，在那剝落的夾板裡擺上水桶，整夜滴滴答答。去美術系學長在永康街頂樓加蓋的分租公寓時，看到他們的天花板上補著一片一片衛生棉，是他們的女朋友們捐出來的，夜用加長型吸水力強，安全又透氣。回家馬上跟進！不一會，濕答答的棉片便趴趴掉落，打電話向學長求救，得到解答：「你用背膠怎黏得住呢？要用圖釘啊！」

喔，多麼像某種密教祭壇，衛生棉被釘在天花板，但我的確是這樣度過了永和貧窮歲月。而今我面對著不消日用護墊就能解決的小水漬，被要求停水察看。當那對夫妻再上樓，我要記得說：我不是藝術家，是浮浪貢。

十年

搬家師傅最恨書多的人。還好我有委託過多次，專業又誠意的搬家公司，幾年前，在網路找到這家從一兩件家具、到整車專車都用心運送的團隊。當時請他們從彰化幫我把奶奶的古董菜櫥載上台北。收貨時我不在彰化，奶奶後來說，看到他們先是一層棉被、又是一層塑膠膜，小心翼翼搬上密閉式的貨櫃（非敞篷貨車）時，奶奶非常感動。

這不是溫情訴求的品牌微電影，而是真實發生的事。

老闆開玩笑說，幫我搬進菜櫥，看到整牆的書時，就在心裡做了記號：「危險！要小心！」後來我果然又找上他們，這些書，裝進紙箱，一本一本通過他們結實的脊椎，運送至新家。

除了書之外，我還有兩支大喇叭，那也是讓搬家師傅頭痛的物件，因為明明重得要死，又嬌弱得很，像一對全身癱瘓的胖千金雙胞胎。

十年前，當時男友告訴我：有一組真空管音響，是「長大」的必備條件。所以，我傻呼呼地走進音響街，那家號稱《無間道》拍攝實景的專業音響店，坐在裡面聽了一首蔡琴的〈被遺忘的時光〉，就掏出了當時一個月的薪水，把學生時代的床頭音響換掉。

記得當時店長說：「這套你聽個十年沒問題了！」十年？才十年？我對音響的壽命沒概念，他解釋，並不是壽命的問題，而是你的耳朵會升級，當然荷包也會升級，自然會想換更高檔的。

我沒想那麼多，只覺得紅色烤漆很漂亮。店長說，他們的音響都是終身保固的，如果搬家了，可以請他們到新宅勘查測試風向濕度位置，擺出最佳位置。我沒那麼講究，聽個音樂還搞得像看風水不成？總是自己把線接一接，角度喬一喬，順眼順耳即可。

這一次，也一樣。但是，當我把那些如一條一條蟒蛇的線搞定接妥，播放測試時，我才發現，完了，所有聲音像浸在水裡，這兩位胖千金像是溺水了，從海底發出悶悶的哀號。我以為耳朵有問題，再戴上耳機聽一遍，音質依舊清亮，那麼，真的是音響的問題了。是搬運時哪兒撞到了嗎？是喇叭或是擴大機的問題呢？或只是線材哪個地方接觸不良？但是，表面完全看不出來，比檢查癌症還難查。

我突想起店長的話，莫非十年壽命已到？收拾紙箱時，發現兩枚輕薄如鑰匙的金屬片，才想到，啊，這是喇叭背後的小墊片。帶著實驗的心情，重新鑽到喇叭後面（阿彌陀佛我有練瑜伽），裝上，重新打開電源。噹噹！鬼斧神工！蔡琴又可以放心回來唱「是誰在敲打我窗」了。

我的荷包尚未升級，耳朵也很容易滿足。但這次經驗，我才對音響的博大精深肅然起敬。這套音響，我還可以再聽個十年。那麼笨重的兩支巨無霸，少了這兩把鑰匙，就如同廢木頭了。這個問題，我還可以再想個十年。

落漆

人生最落漆，莫過於在日本市集精心挑選的麻布窗簾掛起來竟流露出輓聯感。落漆，不是真的油漆斑駁脫落，而是在一片靜好完美之中，來了個天不從人願，是在高貴優雅的氛圍中，來了個讓人下巴掉下來的鄙俗粗劣。

打扮得很有型的男士，開口台灣國語，這不叫落漆，這叫本色，是可愛的，不會扣分。但若是這樣一名男士，談爵士樂、談雪茄紅酒都好引人入勝，但是，菜單來了，他指著：「榛果紅茶」，對服務員說：「我要ㄑㄧㄣˊ果紅茶」，這就是落漆，名副其實的落漆。

同理，聽到外型亮眼討喜，時髦又性感的女孩兒，在百貨公司女鞋專櫃，大聲說著：「我好喜歡ㄌㄨㄛˇ靴，穿起來腳ㄌㄨㄛˇ好細哦！」時，我都很想衝過去跪下來，箍住她的腳踝，要她罰唸一百次「踝」才准走。

台語有諺：「不識字又兼沒衛生」，我一直不知道這兩樣為什麼可以牽拖在一起，但遇到這種把身體部分名稱唸錯的，真有種裸錯地方的不衛生感。

一份早午餐三百塊有兩百五十塊是在吃裝潢的咖啡館，最容易找到落漆點。沙拉裡的罐頭玉米、披薩上面的冷凍三色豆，還有，義大利麵躺在湯湯水水的青醬或白醬裡。我遇過落最大塊的，是在雲南的束河古鎮。

那是一家裝潢得極詩意的咖啡館，木頭窗框、朦朧布燈、扎染桌巾，架上的文學電影書籍，都棒極了，甚至菜單的字體與裝幀都無一處可挑。咖啡，還可選「杯」或「壺」，這真是行家了！我想像著一個保溫銀壺咖啡端上桌，佐著書與微風，看著咖啡緩緩倒出，多麼賞心悅目。

然而，我看著女店員燒了水，從櫃檯下拿出兩包雀巢三合一即溶咖啡，還甩了甩，接著，把粉末倒進一個中式瓷器大茶壺裡，往裡頭注滿水。我寧可她給我一個大碗公，還更有點光風霽月之感。

總有朋友告訴我，束河比麗江還要寧靜，還要質樸，但我怎都覺得它就是個沒學好的B版麗江，不如就維持原始吧。

台灣的鐵皮加蓋、招牌字體、紀念品上的商標人名，落漆唾手可得。這是為什麼文青都喜歡無印良品，因為不會出錯。棉麻衫若全素面就叫文青，但若上面手繪蓮花就變成師姊，印了花紋就變成窗簾。我謹守素面或條紋原則，然而這次買回來的窗簾，也許是麻材質硬挺了點，掛在室內立馬落漆成了輓聯，而明明它掛在古剎庭園中的市集，透著陽光與綠樹時，是那麼好看。文青與落漆，一線之隔。

最讓我想哭的畫面，是在捷運上看見一手名牌包，一手卓柏源題詩環保購物袋的ＯＬ，那真的還不如穿件畫著八卦山大佛，印著：「我愛彰化」或「我是彰化人」的Ｔ恤。

因為正好手邊有，也就用了。因為看見字裡有個會唸的邊，也就唸了。因為鐵皮耐風吹雨打，也就搭了。人生要不落漆，實難。

性與母性

一位年近六十歲的女性，決定離開沉悶無聊的丈夫，展開第二人生。經過婚姻介紹所配對媒合，終於與一位看起來順眼的老頭相親吃飯。然，兩人在小包廂吃著特價午間定食時，老頭直接問了：「妳的奶頭黑不黑？」

老頭並不帶色情，只是坦蕩說了自己的弱點：如果看到很黑的奶頭，總會讓他連結到哺乳與生育，這樣的「性」，就讓他無法享受，自然，生理上也不聽使喚，無法勃起了。

女主人翁只感覺到屈辱與被侵犯，倉皇離去。

這是日本小說家村上龍最新短篇集《55歲開始的Hello Life》首篇故事的一個橋段。我認為是全書，甚至是近年讀的短篇中，最猛的一記。猛，因為真實。

這幾年，身邊的女性朋友，以及妹妹、堂妹、表妹，都變成了「母親」。同是女身女體，當我探望而她們正好要擠奶餵奶，也就不避諱。不怕見笑，我第一次看到妹妹原本瘦扁的上半身，竟能噴發出大半盆乳汁時，我是驚奇的。乳房，原本讓人欣賞遐思的美好曲線，男女親密接觸時，撩撥慾念的敏感部位，在那一刻，變得像一幅溫潤質樸的鄉村畫。

我不喜當高調的獨身主義者，只能說，結婚生子，需要機遇與緣分，我目前沒有。但這也沒什麼好酸好怨，或自貶敗犬勝女，相反地，我很樂於當一個場邊的觀察者，當一個好用的「阿姨」。

妹妹在母親家坐月子時，幾次我興起，與他們睡同一房間。半夜，娃娃大哭，大人被驚醒，搖半天都哭不歇，奶嘴塞了又吐掉，妹妹體力耗盡，我也從好奇心旺盛的探索者，變成猛打哈欠、就要奪門而出的壞阿姨。妹妹說，現在只好使出最後的絕招了。我急問：快點！是什麼？

「就是讓他含著我的奶頭，就不會哭了。」

奶頭成了母親法寶袋裡的絕招。就著微弱的夜燈，我看著小娃兒慢慢安靜下來，嘴巴發出滿足的吸吮聲。的確，我就要和小說裡的老頭一樣，看見乳房，就性致缺缺了。

倒也有反例。另一位與我年紀相仿的朋友，嫁進了豪門，傳宗接代是重責大任，四年生三胎。小孩陸續上幼兒園之後，她才說起苦不堪言的全盛時期。一邊的奶頭，給尚在襁褓的老三吸，另一邊給一歲半的老二，三歲的老大吃醋了，也要來搶，只好和老二輪著。這不打緊，更誇張的是，憋了幾個月的丈夫也想要！怕不給了，老公會跑到外面去偷吃。個性直爽的她，豪邁道：「只好把下面直接給他了！回想那畫面，覺得自己簡直像頭母豬。」

但這優雅貴婦現在每天帶著三小兒做餅乾、逛公園，當時狼狽已成黑色笑話。每個女體都必須通過「性」，才成為母親。然而，母性的聖潔與慈愛，卻讓人連不回激情。我是門外漢，只能臆測與想像。而或許，我這些媽媽朋友們，也揣度著，一個沒有成為母親的女體，在性上面，又是什麼樣呢？

下回，我們關起門來說。

窗裡窗外

我是陽光控，所以我討厭窗簾。

我喜歡屋內亮晃晃的，曬一下也無妨。之前住的一個房子，面對著山，連臥室都不裝窗簾，因為天亮了，也就該醒了，真的需要調時差或日間補眠時，就在臉上蓋毛巾或戴眼罩。

現在搬到市區，有一面窗正對社區中庭，與對棟樓僅隔幾公尺，我仍不想裝窗簾，為此與母親爭吵了。她說：「不是採光的問題，是隱私啊！」我說：「難道我在家裡做見不得人的事嗎？」她再指著整棟鄰居，說：「你看！哪家不是把窗簾拉得密密的。」這倒樂到我，「那正好，別人拉上窗簾了，我就更不用拉了。」

也許是我樂觀，覺得「偷窺癖」總是少數中的少數吧。就算在窗裡更衣或親熱，不都是正常事嗎？應該是不小心瞥到的窗外人應該閃避才對。

以前租居在永和戶數極多的社區大樓裡，客廳陽台對著別人家陽台，中間僅隔著中庭。一晚，一個女生朋友來借宿，我們亦沒拉窗簾，在客廳吃吃喝喝，突然，她喊：「裸男！」我與匆匆往對面看去，果然，同樣樓層的對面人家，一位男士一絲不掛，怡然自得地在家中走來走去，一隻小狗跟著後頭。多好，多自然。而我們也不過欣賞幾秒，即回到窗裡自己的生活。

因此，我仍堅持著，除了臥房的遮陽窗簾外，客廳、陽台、廚房一律不裝。前陣子，一個男同志好友E來家裡玩，說起同志專用的交友APP，可以偵測到所在地附近有多少gay，從身邊〇公尺開始，到數十公里皆可一目了然。這讓我好奇了，帶著一點好玩的心態，要他開開看，我家附近gay可多？（某些程度我認為，也許同志人口數眾多的區域，會比較包容自由吧。）他偵測後，我接過手機掃一輪，哇，不錯，挺多。

這時，我視線正好掃過陽台外，隔著一個街區的新大樓。那是以飯店式高檔管理為賣點的豪宅社區，我原以為與他們的距離，就是遠遠地觀看一格一格的燈火。不料，大白天的，我看到幾個裸著上半身的男士，有的開了窗探出身子，有的整個人出到陽台，趴在欄杆上，左顧右盼，全往我家的方向探著。

這讓我有點慌了，好像他們突然全體出動了！我問E怎麼回事，我住這麼久，還是第一次見到這奇觀！他們不約而同想開窗透透氣嗎？

E說，因為他開那APP時，對方也會看到。就好像他偶爾在頁面上看到兩公尺外有個帥gay，而他偷偷地比對周遭的人時，通常那人就知道是誰在看他了。的確，這可以少去許多慢慢搭訕打招呼的時間與力氣，但是，這就像在自己身上裝了個雷達追蹤器啊！

「你想追蹤別人，就得被追蹤，這很公平。」E說。

所以，對面大樓的gay們，因為APP傳來的通知：數公尺外有人在看你，因而打開了窗戶，想先來個遠遠的對望嗎？聽起來，是有一點浪漫啦。窺看這回事真奇妙，你沒看到別人在看你，也就心安理得大剌剌度日，一旦意識到眾目睽睽，就該遮該掩了。唉，這與我無關的男同志交友APP，讓我升起一絲念頭，也許該裝窗簾了。

奉愛唱頌

瑜伽音樂，看到這四個字，一般人一定先想到蟲鳴鳥叫流水海浪聲，或微風吹過竹林，或是再搭一點水晶玻璃敲擊的平板旋律，它們會被包裝在「心靈SPA」這樣的套裝CD中，標語：幫助紓解壓力，心情愉悅。但，充滿著過季感，且毫無提升向上的作用。

我從認真學瑜伽之後，就對音樂很挑。在台北的大型會館練習時，固定上兩位老師的課。其中一位在當瑜伽老師之前組過樂團，因此連席格洛斯（Sigur Rós）這種冰島樂團的歌曲都能編排進當日歌單。另一位老師，則是在大休息時放了披頭四的Imagine，前奏一下，眼淚就流出來了，讓我從此跟定她的課。隨著音樂節奏揮汗如雨時，升起自然嗨（Nature high），最後大休息全然放鬆，仿若重生。

不過，這些都還屬於「背景音樂」。後來，我才知道有一種瑜伽的練習方式，就是歌唱。它叫Kirtan，老師反覆領唱祈禱文或印度神奇的名字，並加入樂手伴奏，通常是印度風琴、西塔琴與鼓。有人翻譯為梵唱、梵頌，亦有人直接以瑜伽冠名：「唱瑜伽」，但由於古代瑜伽就有一種練習路徑名為：奉愛瑜伽，歌唱是主要練習方式，因此，不妨取其意義，稱之：奉愛唱頌。

第一次接觸到奉愛唱頌的機緣非常特別。瑜伽會館因為週年慶活動，請來國外的樂手舉辦奉愛唱頌音樂會，我當時住在山邊，手上一篇稿子苦修不出好的結尾，然而，離家遠又正頭大的情況下，我竟去了。經過兩個小時，隨音樂聲搖擺，頭腦也被越來越快的節奏占據，壓力完全釋放之後，那個句子，它竟然自動浮現了。就在搖曳的燭火之中，在每個參與者喜悅的微笑之中。

我太珍惜這樣的經驗了！後來，又參加了好幾次，在峇里島、在陽明山、在汐止山上，甚至，在香港維多利亞港邊！印度人、台灣人、美國人、英國人樂手帶領的，不管，全都參加！可以說，我像追星一樣地，追著奉愛唱頌的活動。聽老師說，在紐約近郊，每年會舉辦幾天幾夜不斷電的唱頌會，我也將之列入計畫。

然而，後來我遇見了來自京都的瑜伽老師Mirabai，她素樸而虔敬，真的透過歌唱把愛全然奉獻給神，不求回報。我才驚覺，過去的「追星」，自以為感覺良好，其實就與過季CD的褪色封套一樣，求的只是紓解壓力、心情愉悅，這與「奉愛」本質還差得遠。

我也才了解，之前每次唱頌必哭，並不是在淨化或紓壓。當喜悅平靜的淚水，隨著唱頌自然流淌時，是沒有經過大腦判斷機制的，不是挑起悲傷，也不是感動，而純粹就是「喜悅」。

我想起在峇里島一場奉愛唱頌上，當音樂聲靜止，我和一群陌生老外大媽彼此雙手合十泛淚微笑，旁邊一位約莫七歲、剛剛還在蹦蹦跳跳的外國小男孩，突然緊緊地擁抱住他的母親，畫面定格。

我想，他感受到了純粹的愛。

斷食營，從毀滅到重生

斷食營第三天，我體驗到了毀滅。

這天，是完全沒有「食物」的一天。唯一的味道來自檸檬鹽水，這不打緊，灌下兩公升那猶如鹽酸的液體之後，下午，有著讓人一輩子都忘不了的清肝草藥茶伺候。我原本想，我愛吃苦瓜，青草茶苦茶不加糖都不怕，跟那「回甘」相處融洽哩。但這三大瓢來自印度的草藥粉，卻讓我如飲毒藥似的，捏著鼻子，忘掉感官，仍不敵身體本能，只想把它完完全全吐個精光。

來自香港的舊生，發現我扭曲的表情，跟我說：「一旦吐掉，它就沒作用了，你身體裡的毒素就排不掉。現在你只能靠與它好言相勸，你要不斷對它說：請你留在我的身體裡，我知道你是來幫助我的，感謝你，請你幫助我。」我深呼吸，對著那坨在我胃裡的綠色濃稠膏狀物說，感謝你，請你幫助我。果然，它慢慢地往下了。

往下，去哪呢？當然就是經過小腸大腸直腸，帶著如「通樂」的神奇威力，把這些管道的夾縫頑垢（對啦簡稱「宿便」），狠狠洗刷一遍，然後來到出口。經過前兩個早上檸檬鹽水之後的上吐下瀉，我的括約肌已收攝自如，我優雅地走到女廁，寬衣解帶。只是，沒料到作用力與反作用力的相互作用，當一瀉，上半段也毫無預警地嘔了出來。很好，我穿了一條米色休閒褲，現在，兩支褲管已濺滿綠色點點。

更換後，我到戶外的水槽洗褲子。這天是寒流天，即使台南，空氣都冰凍，加上身體裡沒有熱量，我儼然斷食營的阿信，以冷水刷著褲子，雙頰雙手通紅。而更阿信的是，洗一條褲子，中間要停三次，因為通樂又來敲門了，速速把沾著肥皂水的手沖淨，快步進廁所。經過的學員們面露悲憐，含蓄地問：「你，弄髒褲子了喔？」（行前通知上特別標明，因有時跑廁所來不及，請多備幾條褲子。）我急著解釋：「不是啦是我吐了濺到褲管啦。」（是說這樣有比較不丟臉嗎？）一邊說著，肛門處又在叮咚了。

連跑十幾次之後，我開始想，這是二〇一二年的最後一天啊，我為什麼要這樣虐待自己？儘管宿便們大珠小珠落玉盤時（宿便有羊便便狀、巧克力碎片狀及鐵砂狀），的確感受到暢快感，可是，輕盈舒暢，會大於此時的痛苦磨難嗎？

這時我知道，斷食營對我的意義，並不是要排毒淨化而已。它更是把我原有的認知連根拔起。五天的斷食營隊，從第一晚的減食（喝燕麥奶加有飽足效果的種子粉），到第二天的一日三次果汁斷食（甜菜根鳳梨汁、香蕉蘋果優酪乳都好好喝啊），到第三天的完全斷食，接著第四天的果汁復食，與第五天的輕食復食，中間再搭配瑜伽、冥想、梵唱，以及具有知性與啟發性的飲食課程，我原本想，這對我來說，應該是趟猶如度假的放鬆之旅吧。殊不知，斷食容易，清腸難。我自認規律練習瑜伽，又爬過無數百岳，體力非常好，但中間竟也有幾堂瑜伽課因實在癱軟而掛了病號。

復食的早上，僅是一杯溫熱的老薑鳳梨甘蔗汁，都讓我感覺到了天堂。寒流已過，陽光和煦灑在園區，我感覺身體慢慢地活了回來，而這天，是二〇一三年一月一日。用斷食送走舊的一年，復食迎向新的一年，我想這將是我此生最壯烈的跨年方式。

書呆子的瑜伽旅程

「書呆子相信凡事書中都有答案，在旅行一事也不應有例外。」詹宏志先生在《旅行與讀書》裡開宗明義說道。但書呆子知道，旅行兩字可以換成所有的事，例如：做菜、做麵包、做一個優雅的人或做其他愛做的事。對我而言：做瑜伽一事，也不應有例外。

回想起來，我的第一堂瑜伽課，就與書緊緊捆縛在一起。我在書店的雜誌部門當編輯，一個月有半個月在熬夜，為了介紹書推廣書而砸入青春健康肉體，它回報予我一副凝固的肩膀。因此，當看著採購書與管理書店、一樣為書而焚膏繼晷的同事，拿著瑜伽班登記表來招攬夥伴時，我毫無疑問地加入了。

每週三傍晚，到女廁換好運動衣褲，到眾出版社的編輯企畫業務來提新書會報的大廳長廊，移開接待桌椅，鋪開瑜伽墊，便不顧走來走去的同事與客戶，在眾目睽睽下伸展肢體活動關節。對那時的我來說，那就是瑜伽。有用嗎?有用。每週三白天肩膀便會好像討藥吃一般,自動緊縮起來,等待幾小時後被釋放。後來,我才學到比較厲害的說法,那叫作:身體有記憶。

我把僵硬痠痛的身體當作小狗一樣地調教它,建立它的習慣,很快便發現,一週一次是不夠的,怎麼辦?找書看。我這時看的瑜伽書,皆封面有美女,內頁有功效:從開肩、提臀、腰瘦等形而上,到安撫神經、增進新陳代謝等皮肉下。我買了幾本以美容、健康、雕塑、安眠為主題的瑜伽書,依樣畫葫蘆,有的附贈DVD便放了照做,但終不敵一字:懶。對於懶散,有時最積極的方式,就是用錢向它砸去。經歷舞蹈教室附設瑜伽班、社區大學瑜伽班之後,我加入了大型瑜伽會館。

繳月費,吃到飽,上越多賺越多。我仍停留在非常表面的思考。各種動靜強弱等不同派別瑜伽,真的當吃百匯一樣上得津津有味。當然,實質功效也看到了:身體柔軟了,人也瘦了一點。而身體以外的層面,似乎也開始隱隱起了作用。在一次「呼吸與冥想」的課堂上,照著外籍老師引導,左鼻孔吐右鼻孔吸右鼻孔吐左鼻孔吸,或深吸一口氣之後快速以鼻孔強而有力地吐氣,無數次循環,正當覺得這些反覆動作沉悶無聊時,老師下令:嬰兒式，上半身趴到抱枕上。然後最媽媽的事發生了，我開始哭起來*。

另一次傍晚的課，跟隨很嗨的老師與很嗨的音樂，酣暢淋漓將呼吸與動作串連，流汗流到手指發皺之後，大休息，再次打開眼睛時，天黑了，窗外燈火一片華美昇平，我感到無比平靜，像是可以與世界上所有東西和解。

對這時的我來說，這是瑜伽。在紛擾現世中，找到平心靜氣的調和方式。但是，這是什麼在作用？腦內啡嗎？過往創傷被洗刷了嗎？情緒的皺摺被撫平了嗎？當然，更精準的兩個字後來變得非常火紅：療癒。有用嗎？有用。我開始把上瑜伽會館當上教堂。

但是，來上瑜伽只是討拍討抱而已嗎？應該有更堅強的理由吧。怎麼辦？找書看，從瑜伽師資培訓的書單開始找起。我還記得，當發現艾揚格大師的《瑜伽之光》有簡體中文版，並且在台大對面的聯經書店顯示還有一本庫存時，立馬抓了車鑰匙從石碇開車到新生南路，把那厚厚的一冊書

*出自卜洛克小說《八百萬種死法》的最後一句。

帶回家。

書呆子經常是飢渴的，也是機車的。想看的書必須自己有一本，借的印的都不行。

在那本書裡，我第一次知道了，原來身體上的練習，只是瑜伽練習中小小的一條支脈。其他諸如：不傷害、不說謊、不偷竊、不役於物等「戒律」，才是在瑜伽墊之外的「瑜伽」。知易行難，我一點一滴地努力著。我盡量不去選那些在教室裡平靜如仙女，出了教室如蕭婆對手機咆哮的老師的課，也自然而然地，飲食改以蔬食為主。我開始認識印度諸神，也把它們圖案印成的T恤穿在身上，開始讀經典：《瑜伽經》、《博伽梵歌》，為了更深入理解瑜伽哲學，我想都沒想就把一筆剛進帳的編劇費拿去報名兩百小時的瑜伽師資班。回首一望，距離那在書店總部大廳的第一堂瑜伽課，已過了七年。我感覺，瑜伽似乎已不是生活的調劑，而是，我已走在這條道路上。

瑜伽既是旅程，便有追尋，有目的地。但我在找什麼呢？我在《一個瑜伽行者的自傳》、《流浪者之歌》、《印度尋秘之旅》、《歸徒》這些如奇幻冒險的靈性探尋裡，知道瑜伽道路上最需要的是一個上師。這是古代印度的傳承，瑜伽的學習應該是由上師傳授予弟子。但我似乎還不急、或不相信，會有這麼一位上師存在。我把自己的「旅程」，安排得更療癒更芬芳一點，例如峇里島烏布或泰國清邁僻靜，白天背著瑜伽墊走入光燦燦的小徑，在稻田中的涼亭練習瑜伽，到充滿東南亞香料芳香的咖啡館，吃一點排毒淨化餐，到SPA館做一套排毒淨化療程，在身心靈書店買幾本有精美插圖的療癒小語，晚上在燭光搖曳之中，與樂手一起梵唱。

這，就是瑜伽了嗎？我在這些瑜伽社區中認識許多嬉皮裝扮的、放浪又平和的西方人，對他們而言，好像這就是瑜伽。但是對我而言，我想追求的，是更極致的自由。自由不是無須打卡上班，或可任性浪跡天涯吃睡玩買，而是另一種更高的境界：不受其限，不受其擾。身體自由，不是荒淫無度，而是經過自律練習之後，不再受到身體限制，因而可以無時無地舒適穩定。心靈自由，也不是我行我素，而是可以不受情緒干擾，不受喜惡左右，只看見事物真正的本質與核心，因而可以使思想言語行動都優雅精準，並且溫柔。

「我見過這樣的人，真正自由的人。」回到台北的瑜伽會館，在一堂課上，我的瑜伽老師這麼說。她和我年紀一樣大，我固定上她的課已好幾年。

「這個人，有出書嗎？」書呆子一貫的問題。

有。這是一冊金黃色的英文小書，書名簡單又深邃：《SATORI》（開悟）。這是一九七六年成立於京都的MAHAYOGI YOGA MISSION的出版品，記錄了上師Shri Mahayogi與弟子的對話。

前面的章節，上師說到心念、呼吸、與身體的關聯：「心念是風，呼吸是水，身體是冰塊。它們都是H_2O，要抓住風是困難的，所以我們從最容易抓取的冰塊下手，透過體位法的練習來控制身體，呼吸就會像水一樣，臣服於這個容器，當控制了呼吸，心念就會被控制。」突然，我這幾年駑鈍的練習都像找到了源頭，無論是肩頸僵硬的舒緩，或是那忽然升起的喜悅靜好。

接下來的故事是，我去到了京都，見到了這位上師。書呆子多年在文字裡、在瑜伽墊上的練習，才要真正實踐。為了更直接且深入學習，並把這些殊勝的教導翻譯成中文，我開始重新學日文，就像一個瑜伽姿勢高強的練習者，被打回基礎課重新學起一般，我這自認精通文字詞句的人，也回到最素樸的學習，單字、句型、文法，從小學生式的作文（題目：我的家人）開始寫起。

回到原點，回到源頭。這是瑜伽。這是此時此刻的我的答案。

像個大人

從沒想過我自己竟能勝任這樣的角色：把家裡打掃乾淨、燈光調得溫暖、鋪上桌巾、擺好沙拉起司麵包紅酒、訂好外送的手工窯烤披薩——前一晚，與剛慘烈失戀的帥弟弟約好了：儘管到我這兒來哭一哭吧。

來了先擁抱，然後入座。帥弟弟沒什麼吃喝，酒和食物都晾著。我讓他的iphone遠端接上我家唯一的行頭：真空管音響，讓他任性播放自己的失戀歌單。然而，他只重複播放一首：張惠妹，不像個大人。我像個銀座的媽媽桑，或者療癒食堂的老闆娘，溫暖、慷慨、善解人意，我始終以為我是那個比較需要被安慰、被照顧的，但現在反過來了。我像個大人。

他說姊，我不知道我這幾天怎麼活過來的。把他甩了的，是個哥。他們分手前已分房睡，但他每晚都睡不著，只好重複聽這首歌。

我是確定愛你的，我是真的快樂的。你能給我的並不多，然而一切很值得。我是心甘情願的，呵護你不像個大人，你不需要懂。那麼快樂我想也就足夠了。

帥弟弟找好新租屋，搬出去那天，在所有他們一起使用的物品上，都貼上黃色便利貼。維他命罐上，寫著：「早上一顆B群，一顆C。」牙膏上，貼著：「快用完了，新的在第一個抽屜。」窗台上的綠葉盆栽，「要記得澆水，記得曬太陽。你也是。☺」然後一張一張拍照下來。

我滑動著他的手機相冊，那少女般的純情字體，硬要成熟懂事，分手也不要被討厭，我看得淚花朵朵，唉叫著：你好煩喔！

我問，你前男友回到家，看到那些紙條，有回應嗎？有，他說他在臉書上回：「加油，要好好的。」

「呷賽啦！」溫暖氣質姊姊我終於破功。

我家的傷心咖啡館也就開張過那麼一次。有時煮了一鍋味噌湯，或一鍋蔬菜湯咖哩，或一鍋野菇炊飯，想著，欸叫哪個失戀心碎失魂落魄的弟弟妹妹過來一起吃好了。但最終都是一人吃吃洗洗睡吧。

每個人心中都有一首張惠妹，嚴格說，我沒有。但那一晚之後，不像個大人，好像就成為我的妹式情歌首選。我是個慢熱且冷底又怕麻煩的人，我要感謝帥弟弟，聽這首歌，對我來說，不是為療傷止痛，而是為了，記起那個能給予別人溫暖的自己。

願

以前習慣在歲末來個回顧與展望，細數過去一年的私心十大好書、十大佳片，並條列未來一年要完成的事：學會開車、完成瑜伽師資班、找到好房子等等。近一兩年好像就不這麼做了，也許懶惰，也許覺得好的壞的都放在心裡就好。

但我的確有過那種心願才一說口出，馬上成真的經驗。那是二〇一三年的聖誕節，我和編輯在麗水街的希臘左巴聚餐，歲末嘛，不能免俗聊聊明年有什麼計畫呢？我想了一下，直覺地說：「我覺得好像可以再去一次歐洲了。」我雖然愛飛愛玩，但飛出亞洲且超過半個月的旅行其實很少，因為還是覺得那是累人的事。像是歐美，三年（或更久）去一次就好。

與編輯告別後，在信義路搭上公車，機械式地拿出手機滑滑，收到電子郵件：德國杜賓根大學的邀約，就在夏天，就在世足賽決賽期間。在那個美麗寧靜的小城，與台灣留學生喝啤酒嘶吼看球賽，而後到巴黎轉車過夜，那夜正是法國國慶，在鐵塔下看了煙火，再到南法亞維農藝術節，最後到義大利與大學同學會合，從波隆那、費拉拉、佛羅倫斯、到羅馬。

每天都是不停地看，不停地走，不停地爬（佛羅倫斯所有能爬的高塔圓頂都爬上去了），番茄乾紅酒醋真皮包等戰利品囤積，行李越來越重，留下了許多照片，心願達成了，然後呢，只說得出三個字：好累哦。

這讓我想起二十多歲時，在一家藝術品公司工作，一年之中要辦好多次展覽，我還很菜，且做的是軟性工作，寫寫文案發發新聞稿，那些必須陳設展區、讓空間從無到有再從有到無的人，才是來硬的，開幕前一晚幾乎人人通宵。

當燈光打下，音樂響起，參觀者湧入，我問最勞苦功高的美術設計資深同事：每一次，都很有成就感嗎？還是久了其實會疲乏？這位溫柔堅毅的姊姊說：「還是有成就感，但是因為過程中的疲累太巨大了，成就感也只是剛好把它打平。」因為打平了，等於回歸原點，所以就可以再辦一下的展覽。

但我想得比較悲觀一點，會不會有哪一次，拿捏得不夠好，結果讓疲憊大於成就感呢？因此，從那時候開始，我就學著收煞力道，對於心愛之事之物，付出努力同時不要被負面情緒絆住，不要完成了心願，然後只求解脫。

然而，在旅行中，那條線很容易不小心就跨過了。尤其是在回程，機場櫃檯傲慢大媽機車地連行李超出幾百公克都要計較，飛機延遲，候機室很吵的旅遊團……回到家要躺一個禮拜，細雨中的浪漫小城、一望無際的蔚藍海岸，都變得好遙遠。

因此，新的一年的「願」，便是「無願」。若真有願，也就是：不管做什麼、去哪裡、愛上誰，都能從容平靜地付出行動，不想著成果，也就不累了。

在雨崩

嗨，親愛的朋友：

我只想跟你說一件小事。與你道別十個小時之後，在我身上發生的，前所未有的體驗。

那天清晨，我們一行人出發，從雨崩村落走往神瀑，路程比想像的長，亦不熟悉彼此腳程，我們散隊了。我到達時，前後無人，感覺彷彿站在世界的肩膀上，我在石頭上坐了下來，周圍安靜如真空。但另一登山隊旋即上來了，男男女女，好不嘈雜。稜線風大，他們快速拍了紀念照，邀我一起下山，我說，我再坐一下。其實我盤算的是，等喧鬧人群走掉，我要好好拍幾張照。

接著，我從這海拔近四千公尺的神瀑慢慢往下走，在積著薄冰的碎石坡上與你交錯。你要上山，我要下山，我們快速交換後面幾天的行程，並無重疊，我對你說了句：「啊，那這就是最後一面了。」我繼續走，後方傳來你的聲音：「還有照片可看呢！」

那天晚上，我與一個一起包車下山的北京女孩，住在德欽縣城的招待所。我打開相機，準備在預覽小螢幕上，快速回憶雄偉冰川。我看到了村落、樹林、溪谷的瑪尼堆、碎石坡上的風馬旗，照片戛然而止了，如斷了片，銜接到下山路上的溪谷、樹林、村落。也就是說，我搭了兩天車、走了兩天路抵達的神瀑，我竟然一張照片都沒留下。也就是說，當我一個人坐在山脊，我以為我拿起相機拍了照，但其實我一張都沒拍。那麼，我那時去了哪？

我想起出發前看的一部電影《白日夢冒險王》裡，西恩．潘飾演的性格攝影師說：「在最美的時候，我是不拍照的。」在那如天堂般的絕美之境，我的大腦還在想著要獵取下來，成為數位圖像，而我的身體卻不反應，她說：我這樣就滿足了。

為什麼要旅行？要登山？我的答案是，因為攝影器材再高檔、技術再精湛、效果再驚人，看照片，真的都不如親眼目睹的萬分之一。但我希望自己有一天可以成為連相機都不帶的旅人。

與你稀少的談話中，你說到：「旅行是這樣，幾天你一個人走，過幾天跟一群人，又幾天跟另一群人，再幾天，又一個人了。」我記得我回你：「人生也是吧。」從雲南各自回到生活後，你離開了待了九年的公司，而我搬離住了八年的屋子，我們仍在變動，仍在移動，仍在告別與前進。祝你一切都好，也期待我們在未來的交會。

台灣　小劉

寫

主題曲

「你今天下午快要被溪水沖走時，耳邊有沒有自動響起那首主題曲?!」學長問我。我們一行八人，兩頂帳篷，在溪邊紮了營，吃過晚飯，圍坐一圈烤火，玫瑰紅加蘋果西打或玉泉清酒加梅子綠之類的飲料，盛在鋼杯裡傳著喝。

那天下午橫渡水深過腰且水流湍急的塔羅灣溪，走在我前面的學姊沒踩穩，整個人先浮了起來，我下意識地伸出一隻手，謹守溯溪訓練時學長們殷殷訓誡的「手腕抓手腕」、「面朝上游」，卻在抓住手的那一瞬間，我也漂浮了，看著上游，但身體被帶往下游。已上岸的學長喊著：「站起來！用力踩！水很淺！」我的腳不聽使喚，求生意志來到了指尖。我漂過一顆圓滑且滿是青苔怎麼看都抓不牢的石頭，但不管了，指甲用力一嵌，學姊和我似乎停住了零點一秒。善泳的學長勇猛躍入溪中，將我倆一把拉住。我的指甲斷了三根，撕裂及肉，其餘毫髮無傷。

時間不過幾秒，我們的漂流也不過十來公尺，怎麼樣都還沒來到生死一瞬，主題曲怎會輕易奏起呢？我知道學長說的，是登山社相傳的、用來見證隊友死生相隨的歌〈像我這樣的朋友〉。當有人從斷崖滑了一跤半身懸空，而另一人伸出手；或一人走到虛脫癱軟只差一步就要攻頂，從山頂伸下來一隻手——時間就會靜止，譚詠麟的聲音就會響起：我怎麼能夠讓你孤獨的這樣走／我怎麼能夠讓你無助的望著我……

我搖搖頭，傻笑回：「因為我知道你們會來救我們啊！」從入社以來，我就渴望此經歷，到底那個歌聲響起，無有時空的境界是怎樣？好不容易到了驚險時刻，我的駑鈍與樂天卻又把我帶離那情境。

後來，我成了一名編劇。當我寫不出來，或不知如何往下寫時，就戴上耳機，隨機播放，讓音樂與歌曲和主角相撞。果然，只要音樂落點對了，雞皮疙瘩就起來了。而老天終於在多年後賞賜我一次，主題曲時刻。

那是在麗江的東河古鎮，我和當時的男友一人揹一只大背包，從城裡一路吵到了城門。原本只是因為要不要搭觀光馬車意見不合（耶穌基督，我是不想搭的那個），結果吵到快把兩個人前世今生的冤親債主都翻出來，從商量溝通吵到詆毀謾罵。在最後的拐彎，我刻意放慢步伐，我想就

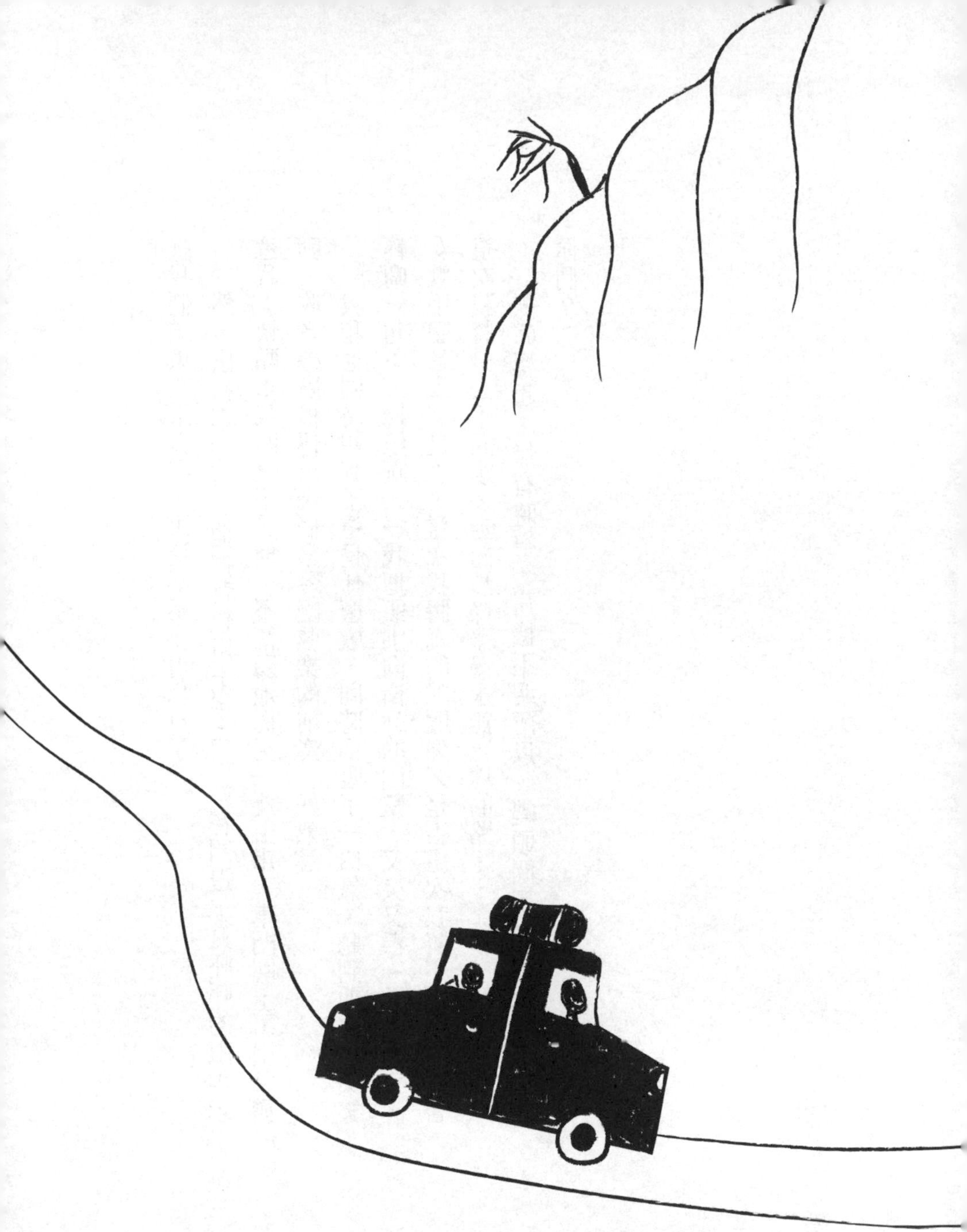

讓我們結束在這裡吧，永遠都不要再相見了。

然，出租車等著。他把背包甩上了車，站在門邊，氣呼呼的眼神示意我：快點！我噘嘴不看他，不情願地從另一邊上車。車門關上，引擎發動，收音機廣播傳出幾個鋼琴配弦樂的前奏。好熟悉。

我和他同時想到了這是什麼歌，同時倒吸了一口氣，聽到他破功失笑輕哨一句：「拎娘咧。」我把頭別向窗外的山壑，又笑又淚。前奏結束，女歌手聲音入：是否，這次我將真的離開你／是否這次我將不再哭／是否這次我將一去不回頭／走向那條漫漫永無止境的路……

歌聲響起，無有時空。司機不明所以，轉頭問了兩次：去哪兒呢你們？

巧遇

鬼打牆至眾人腦力耗竭的都會愛情喜劇會議上，製片方的創意總監，顯然覺得我們的創意是毫無創意。他重複著：我說過N次了，不要巧遇、不要巧遇、不要巧遇！

很重要所以說三次，我明白。但我卡著：若不巧，怎麼遇？

我當然知道，這位要求嚴格的總監，是希望男女主角的相遇方式，可以更別出心裁、更與眾不同。不要剛好是路上你走過來我走過去那樣的遇到、也不要是在超市搶最後一瓶特價鮮奶、不是飛機或火車的鄰座。總之，不是同事、路人或家庭聚會那樣廉價膚淺、那樣唾手可得。

我回想著心目中的幾部愛情經典，男女主角都是怎麼遇到的？《浮雲》，就是同事啊！但，是在二次世界大戰期間，從日本被派往越南的農林省職員與文書小姐，這就有深度，夠糾結。《新橋戀人》，路人哪！因瀕臨失明所以放逐自己的富家女，配上沒有明天的流浪漢，整座城都要枯稿了。《烈火情人》，不就家庭聚會嘛！但除非你想得到兒子帶馬子回來家裡吃飯，結果老子搞上馬子。

不要巧遇，我謹記在心。然而，前陣子在飛機上看的一部法國電影，讓我瞠目結舌。感性又性感的單親媽媽作家，在派對上遇到魅力十足的有婦之夫律師，一見就有火花，但是，不行，前者堅持我不當小三，後者有嬌妻、有一雙可愛兒女也該滿足。他們說拜拜，期許這剎那電流，很快就會煙消雲散。

然而，編劇不讓他們如願，又來了第二次剛好遇見、第三次恰巧碰到……看到這裡時，我不禁好奇這是什麼瞎片?!全靠巧遇撐場，編劇也太沒創意了，但又忍不住繼續看下去，到底他們會怎樣。最後，女的剛好要去倫敦辦簽書會，男的也恰巧要去倫敦出庭，陌生城市再度偶遇，偷吃一下無妨吧。他們手勾手漫步、裝成夫妻參加陌生人的婚禮、豁出去也嗨起來了、一路從長廊吻回房間、洋裝拉鍊都拉下來了、早就可以發生的事終於要發生了……然，電話聲中斷一切。女的接了小孩打來的電話，男的猛然冷卻醒悟，留了紙條，走了出去。

白色長方條上，只有一行字：「我寧可我們有永恆。」翻過來，是兩人方才逗趣親暱的連拍大頭貼。最後一個鏡頭，是男主角的背影，走在充滿回憶與慾望的旅店長廊。

我終於知道編劇要說什麼了。有時一整部電影，只為一句厲害的對白而存在，拙劣的巧合安排，都因這句話翻轉成為高招。當一連串天造地設的奇緣巧遇降臨，身不由己的主角只能靠智慧抵擋，那麼剩下的，會是什麼？也許是永恆。

電影原文片名，就叫：一次邂逅（Une Rencontre）。性感女神蘇菲·瑪索，與性格帥大叔佛朗索瓦·克魯賽主演。可惜台灣沒上映，否則，那句阿基師名言，多麼適合拿來當宣傳文案：「這不是外遇，是巧遇。」

性格決定命運

自從學習瑜伽以來，我每隔一兩年就安排一趟假期，到印尼峇里島的烏布，放空放鬆。自己組合的套裝行程包括：在稻田中央的涼台上瑜伽課、在泳池邊做價錢只要台灣四分之一的印尼式按摩、再到有機咖啡館吃份能量充足的素食餐，帶上電腦，寫作。

烏布，山明水秀，人情質樸，生活沒壓力，吸引許多老外常駐於此，也形成身心靈聚落。夜晚大家圍坐，唱歌、打鼓、隨節奏輕晃搖擺，真摯柔和，有幾個瞬間，我都覺得彷彿置身至真至善的潘朵拉星球。我愛嘗鮮，每次回去，有新教室開張，一定去體驗。

那家新教室，課程多元新穎，環境療癒，還帶點「潮」感，我馬上買了一週無限體驗卡。停留期間，有一堂特別課，是做瑜伽時，有樂手在旁邊現場演奏，配合動作急緩，即興彈奏拍打哼唱。

我與匆匆地提早到了教室，許多來自世界各地的同學，已在墊子上靜坐調息。那堂課的老師，正是這家中心的負責人，他走進來，表明要場地佈置，教室還不開放，語氣並不太好，句末沒有「謝謝」，但大家聽話地起身、走出去了。出到走廊，我突然想折回快速拿個水壺，老師看我又進來，好像尾巴被踩到一樣，指著我的鼻子，又指外面，兩個動作配合兩個字：出～去！這次連「請」都沒有。

約莫十分鐘後，教室開了，演奏區鋪了布、點了蠟燭、掛上印度眾神畫像，都是我們熟悉的儀式感。老實說，那堂課非常流暢帶勁，身心合一，老師帶領得很好，音樂更棒，是很難忘的練習經驗。然而，那位老闆老師課前的態度，還是讓我始終不太舒服。一個好老師，難道不能偶爾不耐煩？我存疑。那麼，要推薦這家中心給瑜伽同好嗎？我保留。

回來大約半年後，陸續從各方聽到小道消息，這家中心的老師們紛紛離去，因為老闆壓榨員工，刻薄又貪財。我忽上了一課！不是瑜伽課，而是編劇課。

人物要立體，性格不是用說的。最近，我看到最厲害的角色塑造是日劇《最完美的離婚》裡的瑛太。要說他「純淨天真」，不如乾脆讓他每年元旦必做的事，是列出十大喜愛動物排行榜，會做這種事的人絕對是可愛的怪咖。美國影集《生活大爆炸》裡那一群理工科宅男，「直線思考，不知變通」未免抽象，就讓他們週一只能吃中國菜、週二要租漫畫回來看、週三才能打電動……性格，會盤根錯節在生活中，若只是抓著概念寫，人物永遠不會活過來。唯有全面觀照一言一行，一舉一動，怪咖才會惹人愛，壞蛋才會讓人恨。而反映角色性格的每條線索收攏起來，就推動情節，通往事件的下場，人物的命運。

那麼，回到那純樸山城裡的瑜伽中心老闆，他給了我什麼啟示呢？就是，下筆寫一個刻薄之人時，記得讓他說話不帶「請」與「謝」，這就足夠了。

偷聽

粽子店，午後，兩個六十多歲的男人入座，兩人都穿白襯衫西裝褲，戴著鴨舌帽，神情略疲憊。高的那個問矮的那個說：「第一天，會累否？」矮的說：「你都不累了，我怎會累？」語氣懶懶的。高阿伯幫兩人都點了湖州鮮肉粽及一盅雞湯，「這外省粽子，你呷看麥。」並發出小確幸式的勉勵句：「你看！我們這樣還是過得不錯吧！」矮阿伯訥然，點點頭。

我像個不存在的女兒，在兩桌之外安全的位置，觀察這兩位父親般模樣的男人。是計程車運將老鳥帶了當兵同梯、或同鄉的菜鳥嗎？我放慢進食速度，看著他們結帳、出了玻璃自動門——走入隔壁老牌西餐廳的露天停車場，在豔陽下，一個指揮引導，一個代客泊車。

大學時選修紀蔚然老師的通識課：「劇本習作」，第一個課堂作業，就去咖啡館或餐廳偷聽，最好一字不漏，連無意義的發語詞都記下。

那時的心得是，如果仔細聽，會發現大多數人的交談，並不值得記。

好不容易在永和租屋隔壁的三媽臭臭鍋矮桌矮椅上，聽到鄰桌兩個科技公司業務裝扮的男士，像賣豬肉似論斷老婆的人生：「我老婆一個月才賺兩萬五，保姆費就要兩萬塊，生老大時還可以讓她出去賺錢，現在老二生了，我就叫她留在家裡帶小孩就好啦，不然我還虧了！」

文藝女憤青豈能忍受這番沙豬言論，我斜眼睨過去，白目地問：「那你有付你老婆薪水嗎？」兩男也沒被我激怒，說了一句堵死我的話：「等你以後自己結婚生小孩就知道了。」

後來，成了寫字維生的人，我知道偷聽的能力其實是一種雷達，可以選擇開或關，真的聽到有趣的內容時，還可以選擇讓訊號滿格。偷聽者必須像隱形人，中立客觀，文風不動，即使聽到嫌惡的話題，都要忍住翻白眼的慾望。只聽不說，即使駐點觀察，也刻意保持距離，不要變成熟客。

偶爾，有聽到甜蜜溫馨的：咖啡館熟女聊著和相親對象為什麼很快就決定廝守終身：「我們第一次去開房間的時候，我買了滷雞爪在床上吃！他竟然說他也喜歡這樣！」（真的是天造地設，我連在床上吃白吐司都不行，何況滷雞爪。）

有聽過瞠目結舌的：兩個憨厚素樸的豆漿店男員工，一邊炸油條，一邊大聊酒店經：「就站一排讓你選啊，我本來不是要選她，但是最漂亮的被選走了……後來一直LINE我，問我要不要再去找她。」

商場美食街坐成一排，偽貴婦模樣的頭兒，拿著直銷文件夾，用誇張語氣說著某某區總裁又到深圳、溫州談成多少業務……我原本對此類話題最沒勁，但是這些嗡嗡而過的擾人語句，突然出現：「他真的很會陌生開發！」

噹！我的雷達偵測到什麼。陌生開發，直銷界也有如此詩意的名詞！而偷聽者豈不也是個單槍匹馬的啞巴業務，在無垠的語言原野，無聲開發。

傍晚的女人

我很害怕傍晚。天色由亮轉昏，擁堵的交通，匆忙的人群，整座城市像被蓋了布袋，而裡頭人車萬頭攢動，恐慌如末日。若是晚一點點，例如八點過後，也就好了，霓虹閃耀，夜之昇平。傍晚是個在回家或赴約兩種選項中流動的時刻，而我一人成家，走到哪都是家，赴約嘛，偶爾一次。要躲掉這種流動，就是在天色轉暗之前，找個地方把自己隔離開來，我大多找電影院或瑜伽教室。

搬回台中之後，這種傍晚恐慌症好很多了。不必擠捷運、不必被交通警察的哨子聲搞得雞飛狗跳，但內心的惶惑倒還是在的，那就是：我要去哪裡？要吃飯嗎？要吃什麼？

而漸漸我發現，與其跟著一團覓食的人躁動，不如站遠一點，好好觀察他們。而我找到最有趣的觀察樣本，是女人。

一個雨天傍晚，我站在百貨公司商圈附近的巷子裡，雨勢忽轉大，小摺傘撐不住了，四下張望能暫時躲雨的地方，有一家便當店，名為「卡洛里」，意思是餐盒每種口味皆健康低熱量，不，身體已內外皆冷，我要吃點熱熱辣辣的東西。巷子裡麻辣麵線的招牌亮了，明燈一盞。

讓我驚奇的是，陽春的騎樓小吃攤，竟坐滿了人，且多是年輕人，麵線攤兼賣炸物，沒錯，年輕人最愛。由客人交談的口音判斷，不少是外地自由行遊客，莫非這是旅遊書或部落客推薦的名店？我把麻辣蘿蔔乾加進麵線裡，攪拌。

一會，幾個頂著濃妝的百貨公司櫃姊奔跑進來了，年紀最熟的那位喊著：「老闆，一樣！要超級特大辣哦！」看來是熟客，她點完餐，到騎樓外屋簷下，從小包包裡取出了打火機和香菸，用等待麵線的時間，抽一支菸。

細跟高跟鞋、絲襪、灰色套裝窄裙、幾何圖案絲巾，再往上是已看得出年紀的消瘦的臉，上了厚粉與腮紅仍看得出斑，再往上，捲翹的假睫毛，上了髮蠟而服貼的劉海。

她熄菸，拎過麵線，付錢，打傘，過馬路。她會在小小的員工休息室捧著紙碗吃，這是她的傍晚。

另一個樣本，是迷你火鍋店的鄰座。她一人進來，點了兩鍋。自己一邊慢慢吃著面前這鍋，一邊為另一鍋下料，好像要確保兩邊進度一致，讓那位遲到的人，待會一進來就有東西吃。

但實在等得有點久了，她停下自己這鍋，要吧檯內的老闆：「兩鍋都轉小火」後，滑起手機。她穿得很多，黑色厚毛線背心外又加了黑白格披肩，典型職業婦女的優雅打扮。又過了十分鐘，我幾乎完鍋時，一個穿著藍背心藍百褶裙校服的女國中生進來了，嘟囔著：「老師好煩哦，在那邊弄好久……」

女人接過女兒的大書包小提包，女兒倏地蹬上吧檯椅，大快朵頤。這是她的傍晚，日常的、甜蜜的等待。兩鍋重新轉了大火，白煙緩緩升騰。

小人物

他叫小方，二十歲，已經在劇組開了兩年車。不知道是不是與美術組混久了，他穿的T恤是挑過的，柔軟合身的薄棉料，石洗或迷彩的天然褪色感，上面印著Rock或Peace。他不太說話，坐上九人座小巴駕駛座，跟帶頭的製片組人員用家鄉方言溝通兩句，在導航面板上定位完成，就進入自己的工作狀態：打檔順暢，加速平穩，使命必達。

在工作場合，還真的碰過神遊太虛的司機，因此，坐上陌生的車，我總是先聲色不動地觀察司機是否靠譜。做任何事都需要天賦與熱情，開車也是，當劇組長距離移動，一車被操壞的人睡得橫七豎八，窗外是陌生的黑暗與寂靜，小方總很清醒，目光盯緊前方，還不時打閃光超車，在我看來，他是享受的。

拍片前製，總有某些時光在車上消磨瞎耗。二線城市天空灰撲，太陽毒辣，我和小方在車上等其他人，終於有了短暫談話的空檔。我問：你是喜歡開車的？答：「這沒得選。」有意思了，我再問：「如果讓你選呢，你要做什麼？」小方想都沒想：「我最想和兄弟們在一塊兒。」做什麼呢？「在一起，做什麼都好。」他說小時候特別要好的幾個兄弟，長大後有的去大連當軍人，有的去廣州做小買賣，感情越來越散，他只想再找個什麼事兒，把大家聚在一起。

在劇組當司機的薪水並不比去工廠好，但是他悶不住老待在同一個地方。他知道自己是喜歡在路上跑的人，「沒得選。」他又重複了一次。

這十三億人口叫兄弟姊妹都叫得親，沒真的血緣關係。我才待了幾天，也習慣了被以單一個字稱呼：姊。

不是該叫「劉老師」嗎？我不想擺譜，姊挺親切，挺好。關在房間改劇本那幾天，中午十二點、傍晚六點半，製片組的另一個助理小梁會來敲門，問我一塊兒吃飯，或幫我帶回來，我多半會跟著出去走走。有一天，大夥全出去工作了，只剩下小梁和我，而他的工作就是帶我去吃飯。

小梁比較活潑多話，總彎著眼憨厚微笑。我知道上頭交代給他的伙食費不過二、三十塊錢，在物價飆漲的小城，我們兩人上不了像樣館子，他帶我去了一家人民食堂，緊張地問我想吃什麼。「兩個素包子，一碗綠豆稀飯。」

他驚訝，但我吃得開心。我說前幾天與老闆金主們大魚大肉又剩菜一堆，痛苦又浪費，對身體對環境都是傷害。小梁彷彿找到知音，說他的主業是農民，麥子收割了，才來劇組打工。我坐在台式平價快炒般的矮桌矮凳，一口包子一口稀飯，聽他講農忙、拖拉機、磨麥……那扎實的勞動生活。

小梁仍怕怠慢了，頻頻問我：「姊，你這樣能吃得好嗎？我再給你買點什麼吧？」我搖搖頭，「這樣吃最好了。」我放棄掉身體環保那套白領說法，豪氣地說：「我也來自農村啊。」

這是與小人物們的一期一會，用金城武句型來說：我看見，土地。

計程車司機

在一部電影中，出現一個畫龍點睛的計程車司機，是老哏，但每次都有效，以至於也無關乎致敬或抄襲。畢竟一個人的一生中，一定都遇過那麼一兩個鮮活逗趣的計程車司機。

愛談政治或罵社會的不在討論之列，但的確有一種是多話型。無論乘客在後座聊著什麼，一定要插一兩句話。有次，我與同行朋友上了車，續聊著在路邊的話題，我問：「你覺得人物重要還是故事重要？」朋友未答，前面的運將飛快按鈴搶答：「情節比較重要！」接著滔滔不絕說著個人意見，當然口水的成分多，我也就沒記下什麼。另一次，與一位姊姊聊著凍卵和人工生殖話題，約莫六十來歲的司機阿伯竟也能「併桌」，像個call in的民眾，不斷發問：那退冰的卵子還能用嗎？那要多少錢？

我常被這類型司機擾動情緒，猶如車上的菸味或霉味，當看著車上貼著「無菸車」標誌時，我都想，能不能也有「無話車」。

然而，我也遇過不說話的司機，反而更糟。那位司機聽到目的地之後，不問如何走，也不確認方位，訥訥地開，直到我發現不對勁，要求回到正確路線時，才冷冷地說：「你想帶路，要一上車就說。」我氣了，不客氣回以：「我以為您知道路！」我不想得理不饒人，只能繃著臉沉默。車上氣氛僵得嚇人了，我與這陌生人像冷戰的情侶，我祈求儘早抵達，紅燈卻一個比一個久，他不知從哪兒變出一顆橘子，自己默默剝起來，我以為他會分一半給我，當作大和解，並、沒、有。但那緊繃的車廂內，迸出的橘皮香氣，的確稍稍安撫了我。

典型電影裡會出現的神機妙算或當頭棒喝型，則可遇不可求。前兩週，我終於遇到了此類型的衛冕者。一上車，司機確認好地點與路線，即不再說話，我亦再也說不出話，因為，車子沒有一秒鐘在同一線道上行駛，這老兄極嫻熟地以S型變車道、鑽車縫、躲紅燈，像在開高鐵或磁浮列車，從容得一聲喇叭都沒按。神奇的是，我並不害怕，因為很穩，我要做的只是信任他，然後放手。至最後一個迴轉，司機終於踩了煞車，酷酷說：「一百二十塊，請準備好。」

我速速掏錢，且算好剛好的零錢，怕耽誤了時間，顯得「不專業」。原本要十五分鐘的路程，他只花了五分鐘。下車前，我終於忍不住問：「運將，您本來是開什麼車的？」（我想的是救護車或賽車。）他反而失笑了，說一直是開計程車的。他說：「開什麼車都一樣，應該是說，做什麼事情都一樣啦，只要對技術與品質有信心，能快就要快！不然你會賺不到錢！」我覺得根本遇到知音了，想呼應他，寫劇本也是，最需要專注和效率啊，但嘴巴跟不上大腦，只一直重複「對對對！」

我不記得他長什麼樣子，但這份「專業」，我會永遠記住。

蒐集故事的人

編劇兼小說家的角色，到底是人人見到你都像見到心理醫師或樹洞，迫不及待想把個人生命故事都對你傾訴；還是，像見到蟑螂老鼠一樣避之唯恐不及，就怕多聊兩句就被你寫進去了？

老實說，我的經驗，多是前者。尤其是，很幸運、也很黑色幽默地，我多年前的第一部作品說的是老爸葬禮的故事，以至於這些年總有陌生人在書店、在電影院、在超市（不論是不是公開的演講座談活動），走過來告訴我，他們家人過世時候的故事，有些說到涙涕俱下。我本來還想就當個nice的傾聽者，直到有天收到公文：公家單位的殯葬行政單位邀請我去擔任諮詢委員，我才想，哦不，這一切該結束了。

我不是殯葬專家，也不是創傷諮商師，我只是一個單純的，寫故事的人。

這實在是很奇怪的事，寫感情題材的會變兩性專家，寫旅行隨筆的會變帶路達人，寫寫生活況味情趣的，變成了生活美學家。為什麼呢？因為寫字本身並賺不到錢，所以周邊名目與關係企業要越做越大。或我另一個朋友說的，「因為你紅了。」

哦不，紅這種事，會隨時間褪色。時間拉遠，想對你說故事的人，會越來越少。這類困擾也會越來越少。但很神奇地，經常在一個社交場合中，只要陌生人聽到，哦，編劇?!小說家?!仍有一半的人會說：喔！那我跟你說，我的故事超精采！我說給你寫！

我有時開始想，他們只是想被傾聽？還是想被看見？還是想紅？

但亦有些人會說，都給你寫沒關係，你隨便寫都沒關係。像一個無償授權的故事資料庫。

我有許多故事，反倒是這樣蒐集來的。我光溜溜趴在按摩床上，那一個個大陸與東南亞大姊小妹，嘴巴沒停，手勁卻還很足。她們滑著我的背，在肩頸之間特別呵護。

「我才大你兩歲我女兒十八歲耶！妹妹！我才大肚子老公就劈腿，我就一直自己帶著女兒。有結很好，結到不好的比沒結更不好。有一個客人很有錢，一直叫我跟他，我說你有家庭，那種破壞家庭的事我不要做。」

「我十八歲就結婚，生完小孩就離婚，我姊姊說那你好啦你可以嫁去台灣。我說我不要，我先來當外勞，在工廠當女工，認識現在先生。我說我不要仲介那種，那種有沒有愛不知道。」

我交出每一集劇本後腰痠背痛去找這些大姊，趴在那不知多少人趴過的按摩床，隔著那個洞，望著黑暗的地板，想像這或許就是汩汩湧出故事的洞口。

最完美的結局

如果硬要說，寫小說與寫劇本有什麼不同？各自難的地方在哪裡？我想，小說難的是好的開頭，而劇本，最難的是結尾。看到結尾很瞎的電影，會讓人否定掉前面完美的鋪陳，並且痛苦不已。而一個厲害的結尾，會讓你記一輩子。

出軌劈腿小三小王題材戲劇近年在台灣大行其道，但我心目中最厲害的，早在十多年前的日本就出現，野澤尚編劇的《水曜日的愛情》。短短十集內，石田光飾演的小三變正宮，正宮天海祐希再翻轉成為賤人，有激情、有轉折、有懸念。花心男本木雅弘內心澎湃的文學敘述式OS，又讓這一切變得不那麼骯髒。

最後，厲害的來了。

兩個女人都不要他了，時移事往，雲淡風輕。多年後，三人還約了草地野餐，曬曬太陽、敘敘舊，到這兒，大和解、大團圓了嗎？未免太歡樂。聚餐結束，各自解散，本木雅弘獨自走在過去讓他百轉千迴的橋上（一邊是溫暖的家，一邊是情婦的家），手機響了。他一派輕鬆接起，語氣舒朗：「是啊，今天真的很愉快。約私下見面？好啊！要約哪兒？」誰打來的？是幽怨婉曲石田光，還是美麗幹練天海祐希，自個兒猜吧。

後來在住處上吊自殺的野澤尚似乎暗示了，這剪不斷的男女情事不會結束，正如這類題材將不斷被詮釋演繹，與時俱進，正如週週歲歲年年都有水曜日（星期三）。

法國鬼才導演歐容去年的新片《美麗．誘惑》，講一名如蓓蕾初綻的粉嫩少女，為探索情慾秘密援交的故事。雖是法國藝術片，仍看得出嚴謹細膩的三段式結構。

開頭鋪陳：十七歲女孩與初戀男友於夏日假期，在沙灘上做了第一次，她驚覺自己在做愛時，像是分出另一個自己看著自己。她小心翼翼地，開啟了不為人知的情慾探索之旅，謊報年齡，與各式各樣的老男人約在旅館，偷母親的衣服與香水，享受另一個自己。

高潮：一名熟客老頭馬上風，掛在旅館床上，完美地死去，卻讓少女大難臨頭，通過警察問訊、心理醫師諮商、家庭關係修復這些過程，女孩重新結交同年紀的男朋友，成為一個正常人。

結尾：然而，這一切讓她隱隱不安。終於，她打開抽屜，拿出當初援交專用手機，開機，查看簡訊，赴約。

要結束了嗎？說情慾就是無限迴圈？

錯了，那樣鬼才就不夠鬼了。同一個旅館大廳，朝少女走來的，是一個穿著長風衣的優雅老婦人。那位在高潮中掛掉的老頭的未亡人。飽經風霜、身體無一處不皺的老女人，和鮮嫩欲滴的少女，並坐在床上。她只想知道，與自己白頭偕老的丈夫，最後是何等美妙地死去。老婦人對少女說：「我很羨慕你。真希望我年輕時也有這種勇氣。」

故事至此，導演（雖然他是男的）像是關起門來，說：這是我們女人的事了。我們的身體，我們的歲月，我們的成長。

青春肉體不再色情，禁忌誘惑不再情色。完美的結局，把一切都濾成了至真至善。

露點電影

電影分級制度的標準，經常以電影中有無露點來區隔。女性兩點全露，大概就要列入十八禁。

小時候曾經莫名其妙地看了一部限制級電影，那還是沒有有線電視台的年代，想看電影要到VHS錄影帶出租店，回家用倒帶機把帶子倒回開頭，裝進錄影帶播放機裡看。熱血青春偶像電影《七匹狼》風潮延燒，大我們十來歲左右的小阿姨小舅舅們，去租了《七匹狼》主角之一、葉全真主演的文藝片《花祭》。

明明那時我年紀很小，也許連青春期的邊邊都還沒搆到，但卻模糊地記住了電影裡灰暗的一幕。與葉全真狂情烈愛的古惑仔死於飆車，她哀莫大於心死，在冷風陣陣的黑暗，褪去衣衫，如鬼影行走於街，也如女神獻祭，一個弱智男子看得如痴如醉。

我們一屋子二十歲到十歲的小孩，當然是面面相覷，也許幾個已經在角落玩起撲克牌。那當然不是A片，那麼，是藝術片嗎？好像也不是。A片是全部露給你看，藝術片則是露得有理由。

後來，從《色．戒》被蔚為奇觀的高難度姿勢性愛，到金棕櫚獎大片、原汁原味呈現女同志性愛的《藍色是最溫暖的顏色》，好像愛情藝術片就必須露點，男女主角們敢脫就是敢為藝術犧牲。我也常去思考，露的那些點，與片中角色的情感，有什麼關係？

看過這麼多露點電影，唯一讓我折服、並複習再三的，是路易・馬盧的《烈火情人》。茱麗葉・畢諾許與論及婚嫁的男友參加聚會，認識了任職公部門高官的男友父親（傑瑞米・艾朗飾演），兩人眼神交會的瞬間，已經完成了所有事。隔天畢諾許打電話到艾朗的辦公室，他們已經知道要做什麼，直接問：幾點？在哪？

兩人的地下情一次比一次危險，隨著老爸對兒子的妒意越來越深，與未來媳婦之間的性愛就越來越激烈。女生跨坐老男人腰間，兩人歡暢抽動同時互相以手蒙住對方的眼睛，暗喻著兩人多不希望看見對方的現實身分；兩人在百葉窗下，邊前戲邊進入滑過整列廚房中島，穿過百葉窗的黑白光束，交疊在兩具赤裸交纏的身體上，隱喻著不是所有危險關係都是非白即黑。但請注意，電影進行至此，儘管激烈赤裸，都僅是全裸不露點。

但電影最後總計露了五點。露在哪呢？

結婚前夕，畢諾許為自己與未來公公租了個愛的小巢，兩人在裡頭翻雲覆雨時，兒子意外造訪，眼見自己的未婚妻被自己老爸壓在身體下，發出甜蜜喘息，畢諾許轉頭發現被發現，但來不及了。她推開老男人，露出上身兩點。兒子被悲傷擊倒，不斷後退，從高樓中空的樓梯間狠狠摔下墜地，疼愛兒子的老男人顧不得一絲不掛，大喊著兒子名字，衝下樓梯，此時三點全露。

全部露了。不倫戀情、人性糾葛、秘密與慾望，全露了。

我真心覺得這樣的露點，才沒有被電檢制度虧到。

魔鬼就在細節裡

我很會記小說或電影裡，那種對整體架構或劇情推展毫無幫助的小細節，以至於很愛寫一堆對自己皮痛肉更痛、別人卻覺得可有可無的自嗨橋段。有人讀著，被這些小魔法勾動了，卻速速理性抽離，問：那麼，結構呢？意涵呢？

好，那我們就來說說意涵入圍金馬獎的《軍中樂園》。士官長陳建斌在台灣迷翻了一大團人，他身上充滿細節。那喊出眼淚的「娘，我想你」不是細節，那憤怒交雜悲痛、掐死意涵之前的顫抖主觀鏡頭不是細節。而是他穿著一條紅色小泳褲，站在軍貨車上帶領新兵進部隊大門前，車過樹梢，面前有根樹枝，他只是輕輕撇了脖子，那剛毅不屈樣，身體未動，目光未移，一個一秒鐘不到的畫面，填滿整個人的性格。又或是，他以為自己要當爹要結婚了，興匆匆在勞軍晚會坐下，一臉憨傻地看著台上歌舞拍手，拍子完全不對，但那傻，那純，絕對來自一個看著家裡煙囪熱煙想著餃子、郤稀哩呼嚕被軍隊帶走的小孩。那不是亂打拍子而已，那是時代細節，可以讓演員把一個角色做出質地來，那是超乎演技的東西。那也許是劇本的功勞，但我相信更多時候是演員本身的專注融入，或導演的敏銳天賦。

有一陣子，我很喜歡用「電動鋸肉刀」來戲稱這些細節，出處並不是驚悚片或活屍片，而是，台灣觀眾曾有一陣感到與有榮焉的，李安導演的《斷背山》。

大家若忙著在「我想知道如何戒掉你」這句經典台詞裡撕心裂肺，或是在片尾「一件襯衫包著另一件襯衫」的揪心設計裡悵惘不已，很可能就會漏掉這場戲。

男主角之一恩尼斯（希斯．萊傑飾演）的妻子（蜜雪兒．威廉斯飾演），與同性戀老公離婚後又再婚的生活，並不是電影重點。但擅長掌握家庭微妙氛圍的李安導演，安排了一場火雞大餐。讓這對前夫前妻與女兒坐在妻子的新家庭中，氣氛尷尬到不行，新老公只好秀他的電動鋸肉刀來幫大家切火雞，那突兀的電動聲，認真到滑稽的動作，都像是在這猶如一顆鼓脹氣球的超多元家庭上，用指尖刮出讓人牙軟的白痕。

最近讓我爆淚的細節，是《星際效應》裡那條毛毯。馬修．麥康納破舊卡車上、副駕駛座的那條暗紅色格子毛呢布毯。它尋常得猶如每部家庭房車上都有的、讓小孩睡著時可以蓋一下的被被。馬修的女兒墨菲，第一次偷偷躲在那毛毯底下，跟爸爸去秘密太空總部探險。第二次，當馬修真的要被發射到遙遠星球，一人驅車遠離家園時，他再次打開那毛毯，是空的。

只有兩個鏡頭：馬修轉頭看毛毯、顫動的手猶疑了一下拉開毛毯。我就哭到像被鬼打到了。

同樣地，那不是一個眼神、一個動作而已。那是最深最深的不捨，最無法說出口的道別。

小女孩墨菲總好奇她的鬼在哪裡？對我來說，魔鬼就在細節裡。

一蘭拉麵電影院

我知道我們要聊「看電影」這件事，但請先容我聊聊拉麵。遐邇馳名的「一蘭拉麵」，是世界上最禮遇「一人用餐」的餐館。味美料實不說，最讓我折服的，是那一格一格猶如K書中心的座位，以層板與鄰座相隔，一人一格，嚴謹密實，包包無法佔用別人位置，長腳也別想跨過界。面前的小窗子正對中央吧檯，但店員上了麵之後就把捲簾放下。也就是說，這是完全屬於一個人守分、自持、專注、安靜、不受打擾地，吃一碗麵的時空。

我經常一個人看電影，而我是一個有嚴重觀影潔癖的人。我心目中最理想的戲院影廳，就該像一蘭，甚至應該猶如修道場：禁語、禁食，雖不需正襟危坐，但第一守則是：不打擾別人。基本原則是，不接電話，不窸窸窣窣討論或解釋劇情，還有最重要的：腳、收、好。

更進階者，吃爆米花，可以，但請以最小音量進行。不要像樂透開獎一樣嘩啦啦撈半天。真的有非回不可的簡訊，可以，但請出去，或是用最不透光的外套或毛毯罩住頭手。（就算靜音，在黑暗中，手機螢幕光線是很刺眼的，請把該有的光影留給大銀幕。）

但基於大部分觀眾只做得到基本，做不到進階，所以我只好常常龜毛機車地把我那一人座位包得像一蘭。你撈爆米花旁若無人，我只好拿出包包擋在中間；你滑手機不亦樂乎，我只有把圍巾當窗簾了。

也許有人要說，既然這麼麻煩，何必上電影院？何不就在家看DVD算了！不。就跟喜歡看書的人堅持看紙本書一樣，對於喜歡而且正在上檔的電影，當然要進戲院去看大銀幕。書的編排、裝幀、用紙（甚至氣味），都介入閱讀的一部分，同樣地，電影播放的畫素、音效、色澤，在黑暗影廳中，完全屬於一個人守分、自持、專注、安靜、不受打擾地，看一部電影的時空……這些全部加起來，才叫作「電影」，才叫作「看電影」。

當然，我也和朋友們一起看電影，但這些朋友大抵與我一樣潔癖，所謂「一起」，指的是看電影前或後的餐敘歡聚。如遇座位幾近全滿時，我們甚至很有默契地要求售票員：「座位分開沒關係，只要兩個都在好位置！」

在影廳燈暗下來之後，我們就進入個人私密的觀影旅程，常常散場燈亮了，我們看見彼此紅腫的眼睛與鼻子，才曉得，哇原來你剛剛也哭得那麼慘哩。

囤積

每次搬家，都是奉行斷捨離精神的我，與囤積症傾向的母親的大格鬥。

我主張用不到就該丟，母親堅持東西還新新的、好好的，就留下來，說不定「日後用得到」。對，這未來假設句，就像個無限收納的大倉庫，讓家裡囤了「日後」會用到的數十箱飯碗禮盒（多數來自股東會議贈品和尾牙安慰獎），「日後」會用到的速食店番茄醬包與外帶披薩辣椒粉。是惜物、是念舊？我懷疑，因為這些東西大部分沒啥好惜好念。

例如，這幾年，我最怕的一個畫面，是去演講或評審，主辦單位工作人員笑吟吟拿著（上面畫著不知名的吉祥物與很大的logo）環保袋走過來。因為，我知道，裡面會有各式各樣的年鑒（超級重）、印有標語的桌鎮、筆記本、馬克杯……以及裱框的感謝狀，甚至錦旗。

有一次，我想，我不能再縱容這樣一袋東西跟著我回家，然後等到幾年後搬家才消滅，所以很狠心地，在高鐵站的資源垃圾桶旁，一樣一樣淘汰。那是一場去法院的座談，最後我留下了印著「打擊犯罪」的輕便手電筒和便利貼。用了沒有？沒有。

母親在公家機關服務四十年，這些周邊商品家族充盈著家裡每個角落。小外甥一歲多的時候就會對著面紙盒說：「拜託，多謝。」因為上面都印著候選人大頭。筆，哪需要買，從村長到獅子會送的就夠寫好幾年。抽屜裡，有一大盤連著指甲剪的鑰匙圈，而茶几玻璃下壓著的各場婚禮照片謝卡，掃一掃應該可以湊一副撲克牌。

別光說母親，自我反省，我自己也囤。搬家最難處理的，不是那些光明磊落的整面牆的書，而是塞在書櫃最底層的得獎作品集、紀念冊、贈品筆記書。同樣地，衣櫃裡最難打包的，是那些買來就未拆封的買二送一的絲襪或內搭褲，買的時候，我承認，貪小便宜心態有之，「日後」會穿的未雨綢繆亦有之。

定居在一處，囤積病症會加劇，因為不需要清。然而，不完全是負面個案。有位長年在上海工作的朋友，父親過世後，兄弟決議把老家房子賣了。清理時，他才發現，長年在黨國奉獻的父親，囤積了五、六十年的白酒與字畫，這些當年想必也都只是紀念品，而今上網詢價，數字已高到讓他瞠目結舌。那麼，到底要不要賣呢？他反而猶豫了。他租了個倉庫，把這些收藏家的夢幻逸品收在裡面，每次回台，就帶著其中一兩樣小寶物，與買家約在茶店或咖啡館見面。

並非每次都成交，因為他發現他的樂趣，並不在買賣，而是他可以看到形形色色的買家，聽到各種收藏品的傳奇身世，「每個都可以寫成小說，你要不要聽？」他說。

要！我當然要。暫不去想，我是不是又「囤積」了故事。反正，日後，我一定用得到。

玩具

也寫小說的哥們，有次和我一起在高鐵站候車時，聊起一個小說的開頭。

「你也超愛網購，對吧？」我點點頭。他說，那你有沒有想過，也許購物網站處理訂單那個傢伙，是你的國中同學，然後你買了什麼東西，都被他看光了?!我們聊著，畫面浮現：一個每天收單列印的宅男工程師，有天看到訂購人是自己國中暗戀的女生，昔時幼白細嫩，品學兼優，而現在，她買了整箱的各種性愛玩具！

為了寫這個小說，有次因緣際會，遇上台灣最大購物網站的管理階層，我還做了田調，但很遺憾地長了知識，為了保護消費者權益，揀貨與出貨的是兩批人，彼此看不到彼此的訊息。因此，揀貨的也許會看到激爽按摩棒或冰火潤滑油，但看不到是誰買的，而出貨的只看到訂購人是某某某，但看不到她買了什麼。

後來，這小說就變了形。一個明豔美麗的職場女強人，收到她的體育系小男友寄來的峇里島伴手禮：一個觀光客紀念品處販售的陽具鑰匙圈，這讓她感覺頭暈，同時回憶起那個超高品味、連白酒紅酒杯都不容搞混的昔日大款男友。

我第一次看到「玩具」，是在女同志伴侶友人家裡。她們說最推薦的，是兔子形狀的按摩棒，因為不但整根會跳，連耳朵也會亂顫。後來，要送閨蜜M結婚禮物，幾個女孩兒第一次勇闖夜市裡頭的情趣用品店，看著皮鞭、眼罩、各種形狀的大雕，我們卻也只敢買套糖果口味的性感內衣褲。

M後來說，她的新婚丈夫耳聞她曾經交過體育系勇健男友，非常害怕在床上輸人，所以自己準備了整套的「玩具」。會跳會動會顫的電動玩意兒不說，還有各種「外掛」的，像某種扮裝，陰莖的cosplay。有螢光橡膠鋸齒與螺旋、也有整根毛茸茸的，當M看著丈夫坐在床上，胯間像是綁上了一根五顏六色的雞毛撢、萬能鑽頭玩具或一隻變種的肥大螢火蟲時，她只感覺心疼。

「玩具，好像不是男女之間拿來增加情趣用的，而是輔助，輔助一個害怕輸給別人的男人。」M說，她看到丈夫那滑稽又狼狽的樣子，覺得他真的像個玩玩具的小男孩，那麼單純，那麼天真，以為越花俏越能得分。

而我們要M老實說，比起體育系前男友，到底如何？她聰明地轉移話題，說把那些沒拆封的情趣玩具帶來了！要當作這次聚餐的交換廢禮物！

我還真抽到了一支螢光玩意兒。而我送出去的，是一個前男友送的名牌包。「對自己來說是廢物，對別人來說可能是寶物」，這是我們這個廢禮物交換大會的宗旨。在返家路上，我便把那「寶物」裝在紙袋裡，擱在捷運站女廁垃圾桶旁（並且確認了沒有監視器錄影）。也許，深夜，它就會混入整座城市的廢棄物之中，閃閃發亮。

日文課

我決定不要再整我的日文老師了。她是個年輕女孩，視覺年齡二十八歲，仙台人，我們一週上三次私人課，在厤園頭溪畔的日文補習班的二樓小教室。

我在研究所時期曾經學過日文的，但那是十多年前。外文系的日文老師要求嚴格確實，一如她每週的套裝、絲巾與提包都要配色。那時我未闇世事，去過的地方也很少，日文會話練習大抵都能照課本來，重新翻當年的上課筆記，好多例句的主詞都是「林桑」：林桑是個什麼樣的人呢？林桑是個長得高、又漂亮、又有名、又溫柔的人。誰啊？喔，是林志玲。那時她正紅。

照規矩來，事情顯得簡單許多，例如，請用「比」來造句：清華大學比交通大學大。而今重新學日文，文法句型倒退了許多，對世界的認知，卻是大大地不同了，我屢屢造出讓這位率直善良的仙台女孩瞪大眼睛的句子。

「劉桑，請用比來造句。」台北比北海道冷。「等、等一下！劉桑，你是不是兩個名詞放反了？」沒有，先生（老師），台北真的比北海道冷，不然你冬天去台北看看。

「劉桑，你的興趣是什麼呢？」登山。「哦，爬過的山裡，最喜歡哪裡的哪一座山呢？」尼泊爾的安娜普納山。「等、等一下！劉桑，你真的去過嗎？」有啊，先生，有照片的哦（說著要滑手機開臉書）。老師看著照片，與其說是驚歎，不如說是驚慌，因為她原本的標準答案是陽明山或阿里山吧。

「劉桑，你一年買幾本書呢？」一年？「是、是啊，怎麼樣？很多嗎？」可以換成一個月嗎？「喔，好，劉桑，你一個月買幾本書呢？」二十本左右。老師做出漫畫裡的吃驚表情。我以為日本人買很多書的。「不不不，日本人一年也就二十本吧。」

但老師的確是個聰慧又貼心的女孩兒，約莫兩個月就適應了我的不按牌理出牌，某次在學身體器官名稱時，我說因為瑜伽課用得到，所以想要學得細一點，她就教了我很多毛的單字，邊教邊自己咯咯笑不停。

也因此，我就像小孩，愛上說說唱唱跳跳的唱遊課般地，愛上日文課。老師一開始不是教日文的，她被日本公司派駐香港多年，而後對教外國人日文產生興趣，才來到台灣。我們最近學到了「拒絕的理由」。例如：某某桑，我可以開窗嗎？答案是：不好意思，我覺得有點冷。

那，到底是可不可以開呢？為什麼不直接回答要或不要呢？老師說，這就是日本人麻煩的地方，她從人人應對直來直往的香港回去之後，不習慣極了。她給我一個判斷標準，日本人沒有說好、要、可以，就是不好、不要、不可以。

劉桑，請用「我可以怎麼怎麼樣嗎？」造一個句子。我可以在教室裡喝酒嗎？老師狡黠一笑，回答：「如果不影響你學習的話，請哦！」

真好，我們已經把課本拋得遠遠了。

春夢與性幻想

最近不約而同，有兩位男性導演好友，與我談到「性」與創作。

一位是拍創意惡搞B級片頗受注目的新銳導演S，他想拍一個「春夢」紀錄片，邀請各領域的男女談自己的春夢，訪談者可以匿名、可以不露面、聲音亦可變聲。另一位，是合作多次的多年好友L，他是中年好丈夫好爸爸，看起來知足安樂無欲無求，但他想策畫一系列「性幻想」短片，希望內容越異色、越聳動越好。

很有趣的是，春夢竟然比性幻想讓我更有勁。

我與匆匆回信告訴S，多年來我一直對我的春夢很好奇。雖然我是個徹頭徹尾的異性戀女（是吧？嗯，目前為止），但是在我屈指可數的旖旎春夢經驗中，我夢到的，卻總是女體！意象式的夢境，像是某個法式無襯薄紗內衣的平面廣告。有情節的夢，則是裸體派對過後，某女星（在此暫不公佈名字）突然光溜溜地與我並躺在床上。絲質床單柔滑軟涼，白色窗簾幽光晃動，這就是我的春天。

當然，要解夢都可以自圓其說。但我大概曉得，大概是在台灣，每隔一陣就要被媒體炒作一下的素人男體，對我來說，實在太沒創意與吸引力，那不過就是：肌肉、肌肉、肌肉。例如：「東湖王陽明」，是菜市場裡的窗簾床罩攤販小老闆，總是赤裸上身，古銅色肌肉滲著汗珠，下半身是剪裁時髦的牛仔褲，露出一大截四角褲褲頭，深邃五官配上陽光般的純真笑容，吸引了媒體與星探。又例如，「消防隊月曆」。這也是台灣奇蹟，縣市政府會讓結實精壯的消防隊員，穿著紅色小短褲站成一列，擺出脫衣秀猛男的pose，每月一主題，排成十二個月，印成月曆，早早開放限量預購，所得捐贈給偏鄉兒童。看猛男兼作善事，台灣style。

但是，無論賣窗簾或救火，我想到的就是會流很多汗，連結的是汗臭味和濕黏油膩，無法擁抱，無法接近。既然連夢都夢不到，也就無法幻想。

有天看到一則網路奇譚。一位老是求歡被拒的丈夫，有日終於受不了，秀出Excel表格，上面是太太每次拒絕歡愛的理由：頭痛、生理期、工作未完、吃太飽、衣服還沒洗……太太覺得先生心機重又愛計較，憤而提出離婚。

我突然對這性幻想短片有了構想。延續上面的故事，先生赫然發現原來太太也有她的Excel秘密檔案！上面統計了性幻想對象排名與幻想次數，對象不但有男模男星，還有丈夫的弟弟、共同朋友、或丈夫的長官?!

性幻想，等於不忠嗎？在突梯喜劇裡，丟出此辯證。

我把想法告訴導演。他似不滿意，回以：很高興你終於有性趣了，但是還不夠。

唉，好吧。也許今年底我會試著預購消防月曆，日日月月與之培養感情，幻想猛男來解救我。

沒有選擇

那時的冬天好像還不太冷。寒假過後，大學的最後一個學期，我和好幾位同學被分發到寧夏夜市對面的教會女子中學實習一個月。那時不是已經抱定不當老師了嗎？何必把學分修完？那就好像到藥妝店瞎買，結帳時顯示消費總金額二八七元，店員鼓勵你說滿三百元就送一條護唇膏喔，大概想都不想就會隨手抓條口香糖再放進去。

對，很現實，但真的，只是為了划算。大一到大四已經修滿了二十四個學分了，沒差這實習的兩個學分。於是，晨昏顛倒的大學廢生活，一下要倒轉回到中學生作息：七點到校，看學生早自習。傍晚五點半，看完第九節課，一群一群青春女高校生會過來抱抱，說老師掰掰。

星期一到星期五，每天早上六點半，騎機車從永和過永福橋，沿著羅斯福路一直騎到變成中山北路，到民生東路口，待轉，如此一個月。人生也在「待轉」。首先轉的是穿著，這所教會女中規定實習教師必須和所有女性教職員一樣，穿至少及膝的裙子，而我只有兩條破牛仔窄裙和去海邊穿的縐巴巴花洋裝。

我媽樂了。選了幾塊上好的毛呢料，帶我去洋裁行做了三條格子A字裙：高校生深藍、文青咖褐色和森林系米麻，莊重優雅又不失年輕時髦。料美質佳，當然不便宜，但我媽毫不手軟。彷彿如此，才可呼應此刻她高質感的心境：我女兒要當老師了。

我帶國二導師，教高二歷史。從小家裡小我兩歲到十歲的堂妹表妹一堆，和小女生相處，對我並不難。沒課的時候，就在實習老師休息室，做我接來的經典文學校對工作，每千字十五塊錢。那一個月我重看完了《三國演義》、《紅樓夢》和杜斯妥也夫斯基的《地下室手記》。指導老師不但不在意我接外快，還誇我會利用時間，我說我就當作自己看書還有錢領，好開心。她也知道我志不在此，實習只是為了湊滿額。偶爾課後她讚勉我教得好，我就酷酷回答：「因為這輩子只教這一個月，當然要認真一點。」

實習結束，指導老師請我吃學校附近的波麗路，送我一條KOSE當季限量版顏色的唇膏。這位大我沒幾歲的姊姊，用充滿誠意與祝福的語氣，

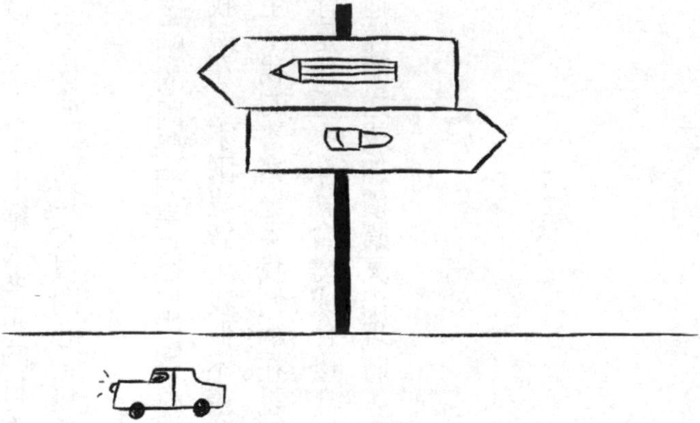

對我說：「你說想去當記者編輯，我想你一定天天都用得到！」

後來，我成了專職寫字人。但絕大多數的日子，不擦口紅，不穿裙子。我媽聽到我去某某學校演講還是會很開心，只是會嘮叨不要老是穿牛仔褲去。

那幾年，看著當老師的同學們寒暑假出國逍遙，而我還在編輯台爆肝，他們買車買房，我還在一字兩塊錢，我似不羨慕，也不後悔。為什麼寧可選擇不安穩的人生？我的答案是：我們總在說選擇，而事實上是，根本沒有選擇。而是，你是什麼，你就會變成什麼。

現在當人生的其他滿額送或加價購又出現時，我仍會迷惑。但我已學會，不買最大。

原點

去文藝營講課，講了許多劇本教戰守則，還來個課堂即興活動，要學員們現場模擬讀本，自以為說唱俱佳。課後，一個一個年輕的臉孔，閃著光亮純潔的求知眼神來問問題，我才知道，與其知道這麼多技巧竅門秘訣秘辛，他們更想知道：你為什麼會成為一個編劇？

「您不是科班出身，我也不是，所以我更想知道。」一個睫毛與眼線刷得很漂亮的女生問。她說她唸中文系，今年畢業，懷疑自己：這樣就可以去當編劇了嗎？

我才驚覺從來沒有問過自己這句話：「這樣就可以去當編劇了嗎？」

十多年前，我還在讀碩士班一年級，得了一個小說新人獎，二十三歲。而在那之前，我大學四年都泡在登山社，到處遊山玩水、冒險犯難。差不多同時間，同年紀的好友H加入了一個編劇團隊，他說那案子卡住了，要找人來一起寫，那是一齣有理想有使命的電視劇，主角是國家公園的替代役男與研究員們，全片在雪山山區實拍。

所以我就這樣憑著兩個條件：得過文學獎，代表可以寫點東西；大學時是高山嚮導，對爬山有概念。戲劇要有「追看點」，山上的戲必定要有山難、撤退、直升機救援，這些我不陌生，也就這樣，傻呼呼地跟著開會，整理大綱，順出分場。但是很快，又卡住了，我還稚嫩得很，什麼都貢獻不了。

回想起來，這不算實質編劇經驗，但是個原點。

後來，H和我兩隻初生之犢，受到一個劇本比賽高額獎金的誘惑，花了半年時間，兩人合力寫了二十集的電視劇本。一集大約一萬五千字，二十集就是三十萬字，我懷疑我這輩子還有沒有可能寫出第二個三十萬字。

沒人叫你寫，沒人出錢叫你寫，唯一的動力，就是「想寫」。那半年我把學校的課都停了，告訴老師我要和好友寫出對台灣歷史、台灣文學與台灣戲劇有貢獻的劇本。後來，我們入選成為前三強，後來，首獎頒給了從缺。人生第一次體驗到真心換絕情，好長一段時間，我和H見面都在罵髒話。但是我的老師卻告訴我：「你們證明了，從此以後再沒有什麼能打倒你們。」

因為那個大比賽，H和我的名字被看見了，我們被很多導演和製作人請去喝咖啡，但影視製作條件嚴峻複雜，合作沒那麼容易。幾次之後，我很傲嬌地告訴H，我不想再四處喝這種「無緣咖啡」了！接著的幾年，我去當了編輯、文案和記者。

這樣就可以不再當編劇了嗎？老實說，那時我連這句話也沒想。我仍沒離開文字，只是很少不為什麼而寫。繞了一圈，我又回來了。找我的，正是當年讀到我們那二十集劇本而熱血沸騰的導演之一。

讀到國外知名編劇說：「當你寫得愈多，就會愈來愈意識到自己在做什麼。」聽起來是好事，但他又說：這樣會少掉一些「天真」。

為什麼會成為一個編劇？我想，答案就是兩字：天真。

老油條

我與幾位熟知彼此強項、弱點與死穴的好友們之間，有個作品義診團。與被前輩評論家「摸頭」或「提點」不同，我們位置平行，資歷相當，交給對方看的時候，期待著好話，也期待著毒評。評論的人亦不帶褒貶，不分喜惡，讚美都是真的覺得你好，批評則是希望你更好。

最近，導演好友讀完我剛寫的劇本，說好看，又補一句：「你現在是老油條了。」

他解釋，這不是負面的，而是指俐落精準、技術圓熟、遊刃有餘、要什麼給什麼、不囉嗦不浪費。（我知道他還沒講完，果然。）但是，就少了那麼一點搜索枯腸的艱辛、掏心掏肺的赤誠，或者，剔骨剮肉的傻勁。這些東西多了，也許就變成「青澀」，但少了，也就可能錯失偶一閃現的靈光，或是少了一點「真心」。

我回他：老油條，同意啦。但這三個字可以改成爐火純青嗎？他再補一刀：果然是老油條！我只能再回幾個嘛嘴加哭臉的表情了。

我懂，我當然懂。

只是，在十多年前，剛開始稍稍認真寫作時，我從不認為自己會成為一根老油條。因為我懶，寫寫停停，仰賴直覺，不想磨練技術，簡單說，想當藝術家，不想當工匠。

那時我剛得第一個文學獎時，就與另一位小說家朋友聊到本質與本能的差異。

這朋友當時也很年輕，但對文壇新星觀察全面且深刻，他說，只要看小說的第一句，就能判斷這人是「本質」型、或是「本能」型的作者。

我好奇問：那我呢？

我那篇剛得獎的小說第一句是：「他嫌她乾的那個早上開始，她就感覺自己要失明了。」他如一個鐵口直斷的算命師，說：「是本質型的。」怎麼判斷呢？本質型作者身上，彷彿有一個故事開口，自己裝上水龍頭就能讓文字汩汩湧出，但本能型作者則是擁有一身說故事本領，聰明世故，肯磨肯練。就寫作壽命而言，前者可能靈光一現就隕落，後者則永遠更上一層樓。

當時電影《無間道》正紅，我們直接用梁朝偉和劉德華來比喻。梁朝偉是本質型的演員，站在那兒就渾身是戲，迷死人不償命，劉德華則努力再努力，在類型上不斷嘗試突破，不讓自己當一個演技平庸的帥哥。十多年後，梁朝偉沒隕落，魅力依舊，全身遮得只剩下眼睛，大家還能認出就是梁朝偉。而劉德華可以如《桃姊》裡謙遜世故、也可以像《盲探》裡突梯爆笑。

好友的「老油條」三字讓我回想起寫作最初的所在，不禁唏嘘。大概是，憑直覺橫衝直撞了幾年，開始學會收煞力道，害怕用力過猛成了暴露狂，也怕老挖掘自己有時盡，不再「真心切一斤來賣」，漸漸成為施工精良、技術保證的工匠。

何者好？我不確定。確定的是，我會在這條路上一直走下去。不再走磕絆彆扭的路，但不是就此一路圓滑平穩。若想要在路上多設幾個障礙物，就多聽點老友的直諫之言吧。

賺工錢

偶爾，我與編劇朋友們會聚在一起，交換工作近況，並且，各言爾志。

一位編劇說，編劇在影視圈是沒名分、沒地位、沒前途、沒影響力的，編劇只能當練功，練成了就該轉當導演，才能真正做點自己想做的事，並且被看見。

另一位說他不想再自己打字打到手指歪掉，如果可以，就當那個動口不動手的人，在對岸有個比較像樣的名詞，叫：項目策畫人，或策畫總監。

還有一位剛到對岸賺人民幣，他覺得拿賺來的編劇酬勞來投資房地產還不錯。

輪到我，我的編劇酬勞只夠繳房租，所以很認命也很務實地想，編劇，唉，就是賺血汗工錢而已，然後運氣好也許可以等到一個金鐘金馬金獅金熊。（哦，抱歉，有人糾正：威尼斯金獅獎沒有給編劇的獎項，而柏林給最佳劇本的獎叫作銀熊。）

得獎那麼重要嗎？得了獎就能呼風喚雨嗎？

不，就像得過文學獎，出書還是只賣一兩千本一樣，得過金字輩編劇獎的編劇，簽約還是會被晃點，開價還是會被殺價，劇本還是沒人要出錢沒人要演。

於是，有時候，我覺得得獎的意義是，反過來想，是紅利。

是所有的劇組同仁，卯足了勁，做足每一個環節：導演連你的劇本上的三角形空鏡，都死纏不休要求完美，演員把你寫的每個字都唸到開出花來，你一個「月色朦朧」，燈光助理要爬電線杆，你一個「月台人來人往」，製片組要發掉一百五十個臨演便當。

當大隊人馬在豔陽下、在冷雨天，十個、二十個take重來、再重來的時候，你只是坐在燈光美氣氛佳的咖啡館，動動手指，刪刪改改，無消日曬雨淋。

無怪乎，編劇微乎其微。無怪乎，編劇沒名分、沒地位、沒前途、沒影響力。影片拍得好，劇本入圍得獎成為沾沾光、領紅利；劇本出去流浪三、五年，沒人要拍、沒人要出錢、沒人要演，而這些不拍、不演、不出錢的人，只要說五個字：「劇本不夠好」，就可以省略掉所有關於金錢人事名利的真正複雜問題，而且這樣就只要有一個人去撞牆或跳河就可以了。

就算拍了，沒拍完、拍不好、沒上映、上映了沒人聽說，每個階段都可能把劇本打回編劇電腦的硬碟，只能當夢一場。

那麼，編劇還可以有志氣與夢想嗎？

當然。

我希望，我可以成為那樣的一個編劇：演員看到我的劇本都很想演。

如此就足夠。

是的，現今影視製作的環節是這樣：有一線當紅演員，資金好找，贊助好找，什麼都好找。但當用劇本去找演員時，得到的回應卻通常是：沒檔期、沒挑戰。（但後來我們總看到這些演員去演一堆金蝦片的金蝦角色是比較有挑戰嗎？）

要讓這句話成為可能，等於讓「認劇本」這件事，取代「認導演」與「認演員」，這想必有很長很長的路要走。而悲傷的是，在我內心非常確定，在那一天來臨之前，無論領了多少工錢得了多少獎，我的劇本與我，都只是在流浪與漂泊而已。

既然如此，何不轉行？

好久好久以前，不就有位勵志作家說過了嗎？愛，就注定了一生的漂泊。

十七歲

週六中午放學後，走路到一中街的數學補習班，在那冷氣永遠18度的教室裡待三小時，再走路去火車站搭車。因此，台中火車站的月台總是金黃色的，回到員林火車站，天已微暗。你走到車站附近的錄影帶出租店，租兩支帶子，然後到方便媽媽停車的地方，上車，回家。

你十六歲到十七歲的每個週六都是這樣度過的。你剛租了《巴黎野玫瑰》和《新橋戀人》，你不知道什麼時候才會去巴黎。那麼我可以告訴你，是十四年後，三十一歲那年，並且沒有豔遇。

但我可以告訴你更多你想都沒想過的，《新橋戀人》的導演會在你三十二歲那年受影展邀請來到台灣，你因為文化圈長輩的引薦，和這位導演一起吃飯逛夜市，雖然他不會記住你，或是隱約知道，哦，就是那一大群優秀青年編導之一，但這都不重要，重要的是你會一再重看這部片，並且往後去巴黎就算只待幾小時都要去新橋走一走。

你剛在書店發現一本暗紅色書皮的奇書，叫《八百萬種死法》。就跟小學時貪看亞森羅蘋那次月考就會完蛋一樣，你這次的模擬考嚴重地掉到倒數十名。全班五十六人，你始終在三十六名，但這次來到四十六名就讓你媽媽有點擔心。「我知道我自己在做什麼啦！」你總是這麼說，你媽也總是相信你。你認識了馬修·史卡德，他遠比你每天經過教務處時偷看的帥哥老師還要帥一百萬倍，你在心中種下了這樣完美的原型。但我要告訴你，你到三十六歲都還不會遇到這樣的人。這也不重要，重要的是你想不到的，你會在三十四歲的時候，沒錯就是你現在年齡的兩倍的時候，跟這位作者一起吃鼎泰豐。

你以為他一定也把你當作大群寫作後輩忠實粉絲之一，不會記住你。但是在他訪台結束返美後，卻寄來了他的新書，上面題著你的英文名字。哦對，你還在鼎泰豐外面擁抱了這位慈祥的老爺爺。

你從國中開始看報紙的副刊，高中住校後便無報紙可看。每週末返家的大事之一，是一次讀畢媽媽幫你收集好的週一到週六的副刊。你讀著黑白直排的三少四壯集，興味盎然。你二十多歲時會認識一群前輩作家，他們把你當小妹一樣提攜照顧。他們之中有一兩人，會在一屋子人耳酣酒熱

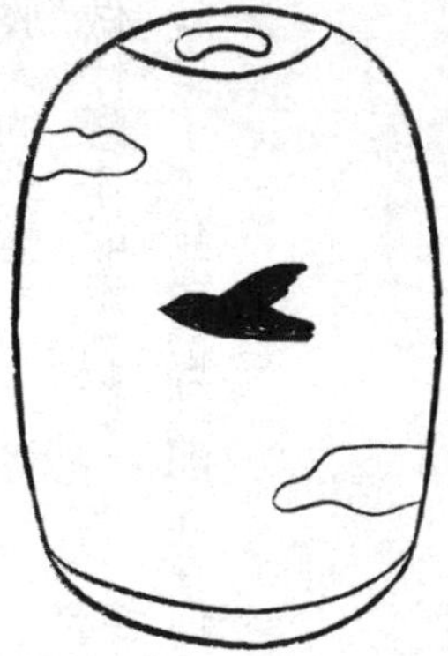

之際突然清醒，說我要回去寫三少四壯了。你三十五歲到三十六歲，正好三少四壯之年，也會成為這樣的一個人。一週一千一百字，準時交稿，沒有那麼難，也沒有那麼簡單。

但這也不重要，重要的是，你會突然發現，一年就這樣過了，在寫了四十九篇文章之後。你會有一絲絲每週截稿警報解除的放鬆，也會有一絲絲糟了未來少一份稿費收入的憂慮。

我不會告訴你，該做什麼才能走到這一天，或是不要做什麼才不會走到這地步。你就往前走就是了，我繼續到前面等你。

代後記

回到黑暗

我喜歡她的音樂與聲音，她的專輯我曾經一聽再聽，但我不知道她有多紅，對她的八卦與私生活也沒興趣。幾年前，看到她猝死家中的影劇新聞，也僅淡淡瞥過：哦，音樂才女嘛，嗑藥酗酒嘛，命啦。

直到定在電影院兩個小時，內臟被拉扯般地，看著講述她短暫絢爛一生的紀錄片：Amy，我的時間感與記憶才一點一點地被拉回來了。艾美·懷絲，第一次在廣播中聽到她的聲音，就衝去唱片行買她的CD，二〇〇七年，尚是CD年代，沒有智慧型手機，已有ipod，但還沒有iTunes台灣商店，所以灌進ipod的音軌是連結電腦，將CD一張一張地轉。轉好之後，那張實質的CD，就帶在車裡聽。

黑色會。Back to Black，艾美的第二張專輯，也是最後一張，在她生前幫她贏得無數獎，賺進無數財富。當年聽著的時候，並不知道那些歌曲都來自她自身的傷痛、淬鍊與重生，只覺得好會寫好會唱好有才華。我自己那時候的狀態差得很，辭掉工作，想拍電影，電影停了，收入停滯，人生好像也暫停了。要做什麼？我在瑜伽會館繳了不限堂數的會費，那是每月支出的很大一條，與其停掉，不如來個上得越多，賺得越多。同理，如果我當時買的是漫畫店每月無限暢閱，或是酒吧無限暢飲，我就會變成宅女和酒鬼。我強迫自己每天開車出門，上一到兩堂瑜伽課，在會館寬敞舒適的淋浴間洗完澡，才開車回家，單趟車程四十分鐘。

我住在聽起來就很荒涼的地方，石碇。高速公路要穿過好多個隧道，下了交流道，還有兩三公里的蜿蜒山路，山的另一邊是溪谷，幾無路燈。我就在這樣的路上，聽著艾美，聽著她唱「你回到她身邊，而我回到黑暗」。是的，我的確幾次在山路上，聽著她低吟重複著black～，心想，媽的，真黑。

然而，有個五月的黑夜，我熟練地轉著方向盤，彎過抵達前的最後一個大轉彎，突然，一陣風吹起，滿地的油桐花全飛撲上我的擋風玻璃，那個彎，正好有盞路燈，黑暗中的白花，像全被打了燈，一朵一朵，純白潔淨明亮，有些貼在玻璃上，有些緩緩地掉落了，如雪花。那魔幻一瞬，似乎把我從停滯的谷底中，稍稍拉了上來。

我看著紀錄片中的艾美，唱歌時真誠投入，唱完則害羞謙卑，得獎時雀躍感激，與偶像合唱時緊張興奮，她沒有迷失或頭腦不清楚。宣傳上通告，被問到：「你的專輯得獎又大賣，你覺得自己成功了嗎？」她說：「我覺得成功是，可以自由地與人共事。」她又說：「當人們越了解我，就會知道我只會做音樂。」那麼，到底是「什麼」讓她駕馭不了自己呢？我無法具體說出來，但我知道那個「什麼」也是我每分每秒要對抗的東西，所有與寫、與創作、與真實，無關的東西。

艾美，相信黑暗中有滿地落花向你迎來。